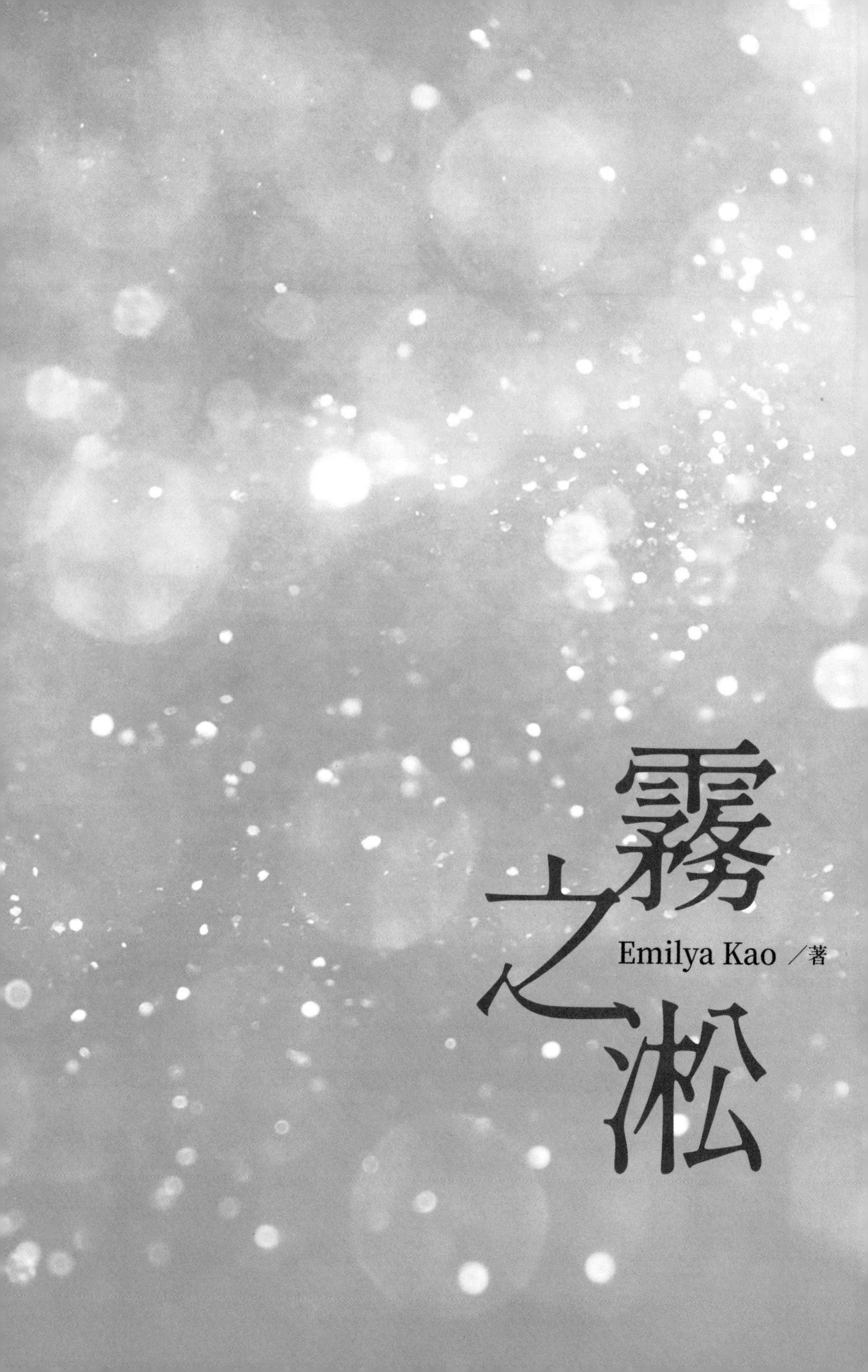

霧之淞

Emilya Kao／著

序

凌晨兩點多，我緩緩睜開雙眼。

這些日子，彷彿總是聽見你的聲音，溫柔的在此時將我喚醒。

我沒有起身，伸出手指輕輕撥開眼前的髮絲，再將輕暖的羊毛被拉緊，只露出還帶著朦朧睡意的雙眼，看著窗簾半開的窗外。

夜空裡，一顆星等接近1的亮星，獨自耀眼閃爍。無法具體描述的炙熱溫度，無法以數字形容的光年距離，穿過無盡的星塵與空虛，透過地球輾轉的空氣折射，映入眼簾的，是無法以言語形容的璀璨美麗。

或許，這也是一種未知的安排，才能在這個角度，這個時刻，在冬季的清澈夜空中，遇見，來自遙遠的恆星光芒。

就像，在無垠的宇宙中，遇見你。

目錄

一 凍雨

下過雪的清晨，雲層依然厚重。陽光從雲縫中透出一道光線，隨即又隱於灰暗未明的天空。

似乎覺得是該醒來的時候，好不容易睜開雙眼後，才發現，我全身無力地躺在客廳的冰冷地板上，怎樣都想不起到底是發生了什麼，身體的疼痛已經超過我所能承受的程度，呼吸漸漸變的微弱，孤獨與寒冷包圍著我。我用僅剩的力氣，也只能微微動了動手指，感到非常痛楚與虛弱的我，終於放棄了站起來的念頭。

「還活著嗎？」我想著。眼前的一切都在旋轉且逐漸模糊起來，我無力抵抗，只能閉上眼又沉沉睡去。

隱約中，聽見有人叫我的名字：「璃，活下去……」

睡夢中，我來到一個似曾相識的地方。四周安靜又溫暖，有著柔和光線，也有許多熟識的朋友，我感到安心自在，擁有真正的自由且毫無拘束。**這裡就是我的原點。**一切的一切就從這裡開始，一個真正的「家」。我想永遠待在這裡，不想再離開。

「決定好了嗎？如果妳想回來，就留下來吧。」眼前，我看不清他的臉，但我知道他是像導師一樣的人物。

「留下來後，我還需要回去嗎？」我問。

「當然不用了，這裡是才你的家呀。」導師微笑著說。

「但，我好像還沒處理完那裡的事。」我有點猶豫不決。

「現在還可以選擇回去，再晚一點就沒辦法了。」導師依然親切地說著。

在所有事情尚未了結之前，我必須回去……

我感到身體疼痛欲裂且無法動彈，微微睜開眼後，看到天花板上冰冷的日光燈管，四周天旋地轉，我感到非常暈眩而且噁心。

「痛……」我勉強說出一個字。

看到一位像是護理師的人走了過來，雖然剛醒了過來，但可能是因爲麻醉藥還沒完全退去，我並無法清楚地表示自己的感覺。隨後我又昏沉睡去。後來才知道，我在加護病房待了將近一個月，其中發了二次病危通知。

模糊的意識裡，求生的意志，對我來說，已不重要。在飄忽之間，早已像個茫然的遊魂，游離迷惘，踟躕卻步，過多的憂傷侵蝕了我的軀體，而我早已被深不見底的寂寞，漠然吞噬。

「璃。」是成的聲音，我彷彿聽見他呼喚我的名字。

「成……」我用非常微弱的聲音說著。

我想抬起手來，想摸摸成的臉，但身體的疼痛讓我無法做任何動作。在相當模糊不清的意識中，我似乎看見成逐漸飄然遠去。

「別走……」我用盡所有力氣，卻仍無法舉起我的手。

之後又暈厥了過去，不知多久。

※　※　※

十二年前，大學畢業前的我，就已考上了國內前三大銀行的正職行員。畢業後獨自帶著一個大行李箱，離開了家人與熟悉的故鄉，來到東京。

出發前幾天，我正在打包行李。

「一個女孩子，要到那麼東京遠的地方上班，人生地不熟的。留在家裡幫忙，會不會比較好？」母親說。

我的父母都是牙醫師，在札幌市區擁有數家連鎖型的牙醫診所，我的哥哥、姊姊也都是牙醫，他們都在自家診所看診，也分別負責診所的經營。可能因爲我是家中最小的女兒，家人們對我總是百般呵護，而當時的我的確也無憂無慮。

高中時我就和父母表示未來想考國立大學的商學院，以後想當個上班族，他們也都相當支持我的意願，並沒要求我要和兄姐一樣唸醫學院，或是一定要繼承家業。

「可是，我考上了夢想中的工作，當然要去呀。而且在東京耶，我也想去看看不一樣的世界嘛。」我難掩興奮的說。

「唉，說不過妳，自己決定好就好。」媽露出無奈的笑容說著。

「讓璃去磨練個幾年，說不定之後她會有興趣接手經營的部分。」大哥總是這麼務實。

時髦的二姐和我兩人則是開心地打包要去的衣物，前幾天才和她一起去了百貨公司買了許多衣物配件。

那時候的我，對東京這個大都會有著許多美麗憧憬。對於接下來的人生與工作，也有著許多的期待與美好幻想。

當時還不了解，在完美的表面之下，總有些世事暗藏著污穢、不堪入目的一面。

包覆外表的完美糖衣，的確是可以遮掩所有腐蝕與醜陋的內在。一個人想要得到他所要的目的時，不擇手段、不顧一切，一搏人生最大的賭注，甚至扭曲了原本平和正直的人性，也在所不惜。

在新千歲機場，準備前往東京時，父親對我說：「不要太勉強，受了委屈，隨時都可以回來。」

「嗯。」無法再多說什麼的我，深怕一開口，眼淚也會跟著流下。

進入管制區前，忍住眼眶的淚水，我轉身揮揮手與家人們道別。我永遠記得大家都勉強帶著笑容，還有母親用手帕拭著眼角的淚水，有著許多不捨，卻又必須放手讓我自由展翅翱翔。那一幕，直到現在都還清晰得像昨天才發生的事。

而我在東京的住處，並不是像大部分外地來的人一樣租屋，而是父母已先幫我在白金一帶購置了一間高樓層且採光良好、視野開闊的房子。門禁也是必須刷卡及密碼鎖進出的高級住宅大樓，相對也較安全。3LDK 的格局，住起來寬敞舒適，爲的就是讓我在陌生的都市，也能擁有家一般的感覺。

對一個才剛出社會的新鮮人，就在東京擁有自己的房產，這樣的疼愛的確有些過了頭，但我也深刻了解父母的用心良苦。

不過，工作上就不一樣了。銀行的工作必須隨時謹慎細心，薪水較高，但也是一份相當高壓的工作。剛開始，對於工作內容及人際關係的應對，我眞的不太適應。但就在此時我認識了他，成。

「歡迎我們今年的新人，璃。」到分行的第一個星期五，下班後，同事們一起到外面居酒屋聚餐，算是一個小型的迎新會。

居酒屋的氣氛相當熱絡，幾杯啤酒下肚，同事們卸下了平日在工作上的拘束，放鬆地天南地北聊天。

「聽說妳是從札幌來的嗎？」成問我。

「對。」我說。

「我老家在仙台，也是有點距離。」成說。
「習慣嗎？在東京。」成接著說。
「已經比較習慣了。」我說。
成早我二年進入這家銀行工作。他有著超過 180 公分的身高，立體的五官和帥氣的臉龐，態度總是謙和有禮。對同事，對主管，對客戶，他都可以適當地應對。有些工作上不懂的事情，只要問他，他都會很仔細地說明，不會有前輩的高傲感，他的隨和與親切，讓剛進分行工作的我感到十分安心。

※　　※　　※

覺得陽光有點刺眼，我再度醒來。看了周遭環境，我知道，我還在醫院。身體依舊相當疼痛，特別是腹部。我受傷了，但是，我爲什麼會受傷？依然無法想起，記憶有如斷層一般空白。
「璃，你終於醒了，我去叫妳爸過來。」媽媽情緒有點激動的說。
一會之後，父親和大哥、二姐都來了，看到他們一臉擔憂的樣子，我了解到，我傷得不輕。

「璃，現在覺得怎麼樣？」父親問。

「我怎麼了？」我問。我想知道，究竟是發生了什麼事情。

「……」

大家一陣沉默。母親坐在旁邊的小沙發，轉過頭去，靜靜地拭著淚。二姐站在病床旁，從哭紅的雙眼看得出，家人們都非常的難過。

「妳在家被人攻擊了，腹部被刺了一刀。」父親儘量簡短的說。

我看了一下周圍，沒有成的身影。

「成呢？」我用虛弱的語氣問。

所有人都靜默一片，沒有人可以回答這個問題。

「那天晚上的事，妳還記得嗎？」母親輕柔地問我。

而我只能微微地搖搖頭，什麼都不記得的我，讓現場的所有家人們更加難過。

「成他……」二姐說到一半，也被父親打斷。

「先休息一下吧，什麼都先不要想，先等身體復原再說。」父親有些無奈地說。

※　※　※

在銀行上班的期間，我從沒和同事們提起我的家境。一方面是保護自己，另一方面是我不想讓其他人因爲我的背景，而對我有些既定的成見。

不知不覺，畢業也將近三年，銀行的工作總算已經上手，也逐漸習慣一個人在東京的日子。

而成在分行也是快速的升遷，短短五年，他已是課長級的職務。成相當積極經營職場的人際關係，有時爲了達到想要的目標，甚至會使用一些意想不到的方法，我才了解到，他是一位非常目標導向且事業心極強的人物。

這天的午餐時刻，同事優買了一個配色豐富且價格實惠的蔬食便當。

「優，請問這是去哪買的？好漂亮的便當。」另一位女同事涼子問。

「在附近一家新開的立食餐酒館買的，午餐還有義大利麵也很受歡迎喔。」優說。

「立食餐酒館也有賣午餐時段的便當？而且還是這麼用心配料的蔬食便當，眞的很少見。」我心裡對這家餐酒館感到有些好奇，打算也想去看看。

過了幾天的午休時間，我手上拿著上班途中拿到的廣告單，到分行附近不遠的地方找到了這間立食餐酒館。

「原來在這裡，離分行不遠。」我心裡想著。

門口已有不少人排隊，我也趕緊向前。走進店內，極簡的工業風裝潢，線條乾淨卻不過於冷冽，是我喜歡的風格。傳單上的便當內容，每一種都是品項豐富，且兼顧營養，低油低鹽的內容，一向就是口味清淡的我所喜愛的。

「您好，今天要哪一種便當呢？」店員親切的問著。

因爲我肉吃得少，也不吃海鮮，喜歡有大量新鮮蔬菜。所以選了這個看起來顏色豐富，配菜也經過精心設計的便當。

到附近公園找了一個不受打擾的位置坐下，慢慢品嚐著。雖是蔬食便當，保留了每樣蔬菜的鮮甜，口味清爽卻不會食而無味。這讓我更好奇，一間餐酒館卻可將午餐的便當製作得用心又美味，實際店內的氛圍又是如何？

下班後，我到了那間餐酒館。晚間，店內時髦的氣氛又與午餐時段完全不同。推開門，間接性的照明，卻不顯得過度昏暗。店員領我到了一張小桌，並附上菜單。我仔細看過內容後，便與店員示意要點餐。走過來的，是一位身高超過 180 公分以上，但不會令人感到有壓迫感，笑容非常陽光爽朗的男子。

「您好，請問要點什麼呢？」店員微笑著詢問。他看起來有點眼熟。我想了一下……好像在我住家的大樓，也曾經見過他。

我點了餐，也點了杯白葡萄酒。細細品嚐餐點，輕啜著白酒，時髦優雅的音樂在餐廳內輕輕流動。身爲一個單身女性，擁有一份穩定的工作，可以照顧好自己的生活，也能照顧好自己的心靈。我想，我已經完全適應身爲都會上班族的生活了。

週六，我準備開車要到郊區的大型超市採買。還沒到地下室，電梯門在8樓打開，走進來的男子有點眼熟。我想起，他是那天晚餐在餐酒館內，幫我點餐的那位先生。

他是原，是那間立食餐酒館的經營者。

原有些手足無措，因爲自從那天璃第一次來到他的店裡，就已深深地被她優雅的氣質，與溫柔的說話方式所深深吸引，璃完完全全就是他所喜歡的類型。原也知道璃與他是同一棟大樓的鄰居，在住家的大樓內遇見過幾次。但因爲當時與璃尚未熟識，也不好意思貿然地與她說話。

「不好意思，請問，我是不是在那間餐酒館見過你？」我問。

「是的，妳好，我是原，那間餐酒館就是我經營的。」他接著說。

「我是璃。」我微笑著說

「你們餐廳的餐點味道都很好，我很喜歡。」我接著說。

「很開心妳喜歡，歡迎你下次再來店裡。我們是鄰居，妳又是我的客人，我下次親自做些料理招待妳。」原，他開心的說著。

「他的笑容，好爽朗，感覺是個很開朗的人。年紀看起來和我差不多吧，餐廳經營得很好，眞是不容易。」我心裡想著。

這是我第一次和原說話，短短幾句，但感覺好放鬆。總覺得，早在更久之前，我們就已認識，有種說不出的熟識感。

每週大約有一兩天，我會到原的店內購買午餐。

「您好，璃小姐，今天想吃哪種便當？」原站在櫃檯親自接待我。

「不用這麼見外，叫我璃就好。」我微笑著說。

對璃原本就有好感的原，聽見璃這麼說，有些不好意思起來。璃，在他的心中是那麼美麗的名字，在他的眼中，璃的存在就有如星辰般璀璨。從這天開始，原更加期待著每天會有璃的身影出現。

※　※　※

在醫院的日子非常漫長。面對傷口的疼痛，還有心中無數的疑惑，我依然無法完全記起當時所發生的情形。隨著我的意識逐漸清醒，成卻始終沒有出現，心裡已經開始著急。

「媽，可以請妳告訴我，成去哪了？我一直沒看到他。」我帶著眼淚問著。

母親也了解我的心情，是時候該讓我知道了。

「那天晚上，成爲了救妳他也受了傷，但傷勢很嚴重……」母親緩緩地說。

「成已經走了……」接著母親也紅了眼眶地說。

她緊緊握著我的手，不發一語。而傷勢嚴重的我，此時，只能無助地躺在病床上放聲哭泣。

因爲我的身體還很虛弱，家人們似乎都有了相同的共識，最重要的，就是讓我不要再因爲情緒上有過大波動，而影響到身體的復原。先恢復健康，至於其他的事，暫時都不再多說了。

住院三個月後，我終於回家了。

家中早已恢復原本的樣貌，好像什麼事都未曾發生過一樣。家中的門鎖已經換新。原本應該有大片血跡的木質地板，也已經全部拆掉重新鋪過。我推開陽台的玻璃門，讓新鮮空氣流進屋內，新換的淡米色窗簾與白色窗紗隨風擺動。我坐在陽台的椅子上，眼前的美麗景緻，我已無心過問。閉上雙眼，感受到空氣的流動，陽光輕撫臉龐的溫度，與自己輕緩的呼吸，我知道，我還活著。**但，也有一部分的我，早已離我遠去。**

因爲腹部的傷口實在太深，雖然已經出院，但身體要完全康復，的確還需要很長一段時間，是時候該練習，慢慢回復正常的生活。

回到，沒有成的日子。

偶而，精神和體力狀況都還不錯的時候，我會開車出門，到稍微遠一點的光之丘公園散步。

今天，是典型早春的天氣，陽光溫和地照進家中的落地窗，氣溫也較前幾天溫暖，我想出門走走。因爲暫時還無法提重物，我只帶了輕便的包包和小水瓶。到了停車場，我慢慢走著。

「璃，是妳嗎？」聽到後方有人對我說話。可能是我之前遭受的事件所致，我彷彿又受到了驚嚇，身體有點發抖，呼吸不自覺地變得急促，手上的物品也隨卽掉落地上。

「對不起，妳還好嗎。」原趕緊過來扶著我，深怕我再次倒下。

我抬起頭來，仔細看了他一下說著：「原，對不起，我……」我實在，不知該如何解釋。心裡的傷口，原來比我想像的還要更難復原。

「沒關係，我懂。」原露出有點不捨的表情。

「妳要開車出門？」原接著問。

「嗯。」我只能點點頭的回應著。

「方便讓我陪妳去嗎？妳剛剛的樣子，我有點不放心……」原問。

對於他的提問，我猶豫了一下。

「好。」我說。

我想，原，應該懂得，我只是需要靜靜的陪伴就好，其他的部分，目前都還是多餘的。

在心被凍雨凝結之前，
早已落失成片。
是否你的出現，還能讓我，
找回一絲盼念？

二　柔湖

因爲祖父母都有外國血統，所以我的髮色是天生的深咖啡色又帶有一點紅棕，髮尾有些微捲，加上立體的五官，朋友們總說我有一種說不上的，彷彿總是置身事外的氣質，開玩笑的說著：「不像地球上的人類。」從學生時代開始，一直不乏追求者，直到現在出了社會也一樣。

在成升上課長後，對我的態度開始變得很積極，他開始熱烈的追求我。

「星期六，有空一起去看這部電影嗎？」成問。

「我想也很看這部，但一直都訂不到票。你買到了？」我問。

「這季的業績考核，我已經遠遠超過公司要求，除了獎金外，還有一些額外的特別獎勵，像是電影票。」成充滿自信的回答。

工作時，高大的身材，加上總是穿著時髦筆挺的西裝和一塵不染的皮鞋，總是配戴高級機械腕錶，一眼就看得出來成是屬於菁英上班族群。而工作外的時間，穿搭雖然簡潔，但立體的五官，也總是吸引許多人的目光。

和他一起，總是相當有安全感。每次與成約會，他都會體貼地照顧我的需求，也不會安排太累的行程。

「這週末，我們去這裡午餐好嗎？聽說他們的手沖咖啡很香醇，餐點也相當美味，整體評價很高。晚上，我們可以再去台場一帶散散步，欣賞夜景，好嗎？」成問。

「嗯。」我回答。

我喜歡手沖咖啡，成也總是會帶我去幾家評價不錯，又時髦的咖啡店品嚐。他了解我喜歡清淡的飲食口味，也會貼心地幫我準備我喜歡喝的礦泉水。適時的，也會送一些我喜歡的小禮物，或是美麗的花束。當時在他的面前，我眞的就像是個公主一般地被呵護，無微不至的。

漸漸地，我已經習慣他的存在。也發現，我已經愛上了成。我想也是時候了，我決定，讓他更瞭解我。

「這週末，要不要來我家？我們可以去超市買東西到我家料理。」我鼓起了勇氣問成，因爲他從不知道我眞正的住所是在白金。

「好。」成微笑地說著。

我和他約在離我家還有段距離的一間超市。採買完後，我坐上了成的車，一邊告訴他怎麼走。他一邊開，一邊話變少了。我知道他發現，我的住所不但是在白金，而且不是在一般住宅區，而是四周都是獨棟豪宅，或是非常高級的大樓住宅區裡。

「前面那棟大樓，左側的停車場下去就可以了，我已經幫你約好訪客的車位。」我說。

「璃，妳真的住這裡？從沒聽妳提起。」停好車的成，表情帶著訝異，一臉疑惑的看著璃。

「對，這是我家。」我微笑說。

到了住家，電梯門打開後，我拿著密碼鎖的感應式鑰匙，打開密碼鎖的蓋子，感應後，打開大門。在推開大門的那一刻，就好像，我讓成正式地走入我的心房。彷彿告訴他，從今開始，我的世界也將與你分享。

我們做了簡單的日式晚餐，兩人就像夫妻一般地聊天。晚餐後，成貼心地幫我洗了碗盤，我拿著擦拭布一邊將碗盤擦乾。然後兩人在坐陽台的椅子上。今晚剛好是滿月，佐著眼前一大片開闊的美麗夜景，一起喝著我最喜歡的一支白葡萄酒。

「璃，這裡的景色眞很美，住起來應該很舒適。」成轉過頭來對著我說。

「對，也只有你，才可以和我一起分享這樣的景色。」我很自然地說著。成看著我的眼神，帶著些許的感動，他輕輕地摟著我的肩，我也輕輕地將我的頭倚在他的身上。

回到屋內，時間已經有點晚了。

「剛剛喝了酒，不能開車了，我叫車回去吧。」成邊說，邊拿起手機準備撥號。

我伸出手，輕輕地讓他將手機放下。

「今晚，留下來好嗎？」我帶著有點微醺的眼神看著成，輕聲地問他。

從交往至今，我們從來沒有一起外宿過，連他的住處都沒有。但我知道，從今天開始，我已經，不能沒有他，我希望成可以永遠陪伴在我身邊。

成，似乎也和我有同樣的想法。在我的房間內，床頭微亮的檯燈映照著我們彼此迫切的臉龐和身軀。他溫暖的雙唇，讓我鬆懈了僅有的防備，我願意在此刻，將自己交付給他。成，他是我的第一個男人。我的身體，我的心，我的一切，毫無保留地在此時全都交給了他。我也感受到他眞實的體溫，他的溫柔回應。以爲，從此我將不會再感到寂寞與孤獨。

第二天清晨，我還在溫暖被窩裡沉沉地睡著。空氣中，麵包和咖啡的香氣緩緩地飄了過來，我微微地張開眼，看到成側躺在旁邊看著我。

「早安。」成輕聲且溫柔地抱著我，一邊深情地吻了我的雙唇。

「你看了多久？」我帶著有點嬌羞的語氣問他。

「不知道，我眞的忘了時間，因爲睡著的妳也好美，我不忍心吵醒你。」成再次吻了我。

他幫我準備了早餐，煎了法式吐司，還有生菜沙拉搭配一杯香醇的熱拿鐵，特地用托盤拿到床前。就像一個完美情人一樣，他準備的餐點也十分美味。

吃完早餐，梳洗完後。我們開著車，準備到附近的郊區走走。

「如果你願意，也可以搬過來……」在車上，我說。

「可以嗎？妳願意這麼做？」成可能覺得，保守的我竟然會這樣問他。

「嗯。」我有點羞澀的回應著。

一個月後，成正式搬進了我的家。雖然是住在一起，到公司的時間我們還是刻意錯開，且分行內我們仍是謹慎應對，幾乎沒有人看得出來我們正在交往，甚至，我們早已經同居。

那段時光，非常單純且快樂。

週末，我們一起開著車，到大型超市採買食物和日用品。有時我在打掃家裡，他也會一起幫忙打掃。有時我在家裡想看點書，他就會到住家3樓的健身房運動或是室外游泳池游泳。有時他和他的朋友們出門聚會，我也找了我的朋友們出門逛街，雖然生活在一起，但我們還是保有各自的空間，若是知道另一半需要獨處時，也不會互相打擾。

我們都很喜歡這樣的生活方式，就這樣又過了半年左右。

「璃，明天是我們交往滿二週年的日子，晚上一起出門吃飯吧，餐廳我已經訂好了。」成從背後環抱著我溫柔地說著。

「好。」我靠在他的身上輕聲回應著。

他訂了在目黑的一家法式料理餐廳，這是間相當有名的餐廳，也非常難訂位，聽說都要好幾個月前就要預訂。餐點一道道慢慢地上，我們也細細地品嚐。席間成幾次將手伸出，溫柔地握著我的手，我也露出幸福的笑容回應著。

看得出成今晚特意打扮了一番，他特意抓了時髦的髮型，穿了深藍色襯衫，外搭一件合身西裝外套，深色休閒長褲，和一雙可正式可休閒的皮鞋，加上他英挺的身材，乍看眞的以爲是某位明星。

而我穿上米白針織衫，外搭成套的，鈕扣是水鑽的米白針織外套，淡紫色雪紡長裙，和一雙米色高跟鞋，長捲髮撥至左側肩上，搭配小型垂墜的鑽石耳環。

最後的甜點也已經上桌。桌上圓形的玻璃蠟燭杯內，燭火輕柔搖曳，氣氛溫柔又浪漫。成看著我的雙眼，對我說：「璃，這段日子我發現，我已經，離不開妳了。我想要一輩子與妳在一起，照顧妳，疼愛妳。」我聽了相當感動，眼中也開始泛著淚水。

接著成緩緩站起，走到我的身旁，然後單膝下跪，打開一個深藍色絨布盒，裡面是一只閃耀著璀璨光芒，大約一克拉大小的鑽戒。

「你願意嫁給我，當我的妻子嗎？」成深情地對我說著。

眞的太突然了，我感動到幾乎無法說話。淚水，早已止不住地流下。我曾幻想著這天，沒想到這麼快就來臨。

「我願意。」我的語氣有點哽咽，但又帶著微笑地說著。

我緩緩地伸出左手，讓成爲我在無名指戴上戒指。店內其他的客人們，也都爲我們鼓掌。成用手輕輕拭去我的眼淚，再將我輕摟入懷。此時此刻，我以爲我是全世界最幸福的女人。

當晚，我們再度熱切地確認了彼此的心意。成緊貼著我的身體，緊握著我的手，我感受到他對我的深切愛意。成，只有你才能看得到，我爲了你恣意狂喜的神情，迷濛的眼神也只爲了你而陶醉，從今而後我將屬於你，因爲我已是你的妻子。

很快的，夏日來臨。北海道的夏日天氣涼爽，一向都不會太熱。我帶著成一起回到札幌的家，將他介紹給父母與兄姐認識。

「聽璃說你是一個人在東京?還有兄弟姐妹嗎?」父親問。

「是的，數年前雙親都已過往，只剩我一人，也沒有兄弟姊妹。」成說。

「在分行是什麼職務?」父親繼續問

「課長。」成回答。

趁著父親與大哥正對著成「身家調查」，我到廚房準備些甜點。

「璃，他就是妳每次都跟我說的那個成?本人比照片還帥耶!會不會很花心啊?」

二姐趁我在廚房拿甜點時問了我。

「才不會，成才不是這種人。」我微笑且堅定的說。

而就在我端著甜點要走出廚房時，二姐突然小聲說了:「璃，等一下。」我放下了甜點盤，二姐握著我的左手，她看到了我無名指上的鑽戒。

「天啊，他跟妳求婚了？」二姐問，雖然已經盡量壓低音量，但幾乎是快要尖叫的語氣。

「嗯。」我有點不好意思地微笑回應著。

我和二姐在廚房內的聲音，讓母親也忍不住走了進來：「你們姐妹倆怎麼笑成這樣？媽也想知道。」

「媽，那個成，已經和璃求婚了。妳看！」二姐將我的左手抬起。

母親的表情相當驚訝，暫時沒有笑容。

「璃，是眞的嗎？」母親問。

「對，上個月，他和我求婚，我也答應了。」我說。

而此時，外面客廳裡，傳來父親的聲音：「璃，請你媽媽和大家都出來一下。成說有事要和我們說。」我和母親、二姐都走到客廳。我看到父親和大哥坐在餐桌前有點嚴肅的表情，母親走到父親身旁坐下。

「成，你想對我們說什麼？」父親問。

「我與璃眞心相愛，我希望能與她繼續相守一輩子，照顧她一輩子，請你們同意讓璃嫁給我。」成說著。

感覺得出來他有點緊張，但仍誠懇地且充滿勇氣的說著。

「雖然常聽璃提起你，但今天我們才第一次見面，你就提出這樣的要求，是不是有點失禮？」父親有點不高興的說著。

「我知道對您來說，這的確是有點突兀。但這是我經過仔細思考後才對您提出的。如果有冒犯的地方，眞的對不起。」成說著。

「但，對我來說，璃是我最重要的人，我願意爲她付出一切，只希望她能夠在我的照顧之下能夠得到一輩子的幸福，所以請您們答應我的請求。」成態度溫和但堅定地說著。

「……」

父親繼續面無表情地看著成，母親則看了看我的表情，再看著成。瞬時，屋內氣氛變得有些緊張，而且一陣靜默無聲。經過了不知多久，還是完全都沒人回應。父親還是維持面無表情的方式看著成，而母親雖然沒有這般嚴肅的神情，但也都完全沒說話。

終於，父親開口說話了：「永遠記得你剛剛說的，會好好照顧璃一輩子，不要讓她受到任何委屈，知道嗎？」聽到父親這麼說，我知道他已同意，我不但鬆了一口氣，也感動得眼眶泛淚。

我走到成的身旁坐下，與成的手緊緊相握著。成，爲了給璃與她的家人們最大的誠意，他充滿勇氣的舉動，也讓一向嚴肅的父親與個性豪爽的大哥讚賞。

當年秋天，我與成結婚了。

那年，我28歲。我以爲，這就是幸福的起點。

婚後，爲了能夠打理好家務，讓成可以專心工作，我辭去了這份曾經努力許久才得到的工作。但我並不後悔，因爲我有了更重要的人生目標，就是好好與成一起經營一個屬於我們的家。

經濟上，我們是很充裕的。我們沒有任何貸款或其他負債。成當課長的薪水，也足夠我們兩人的開銷。

「璃，妳有空回來家裡一趟，爸媽有事要告訴你。」婚後沒多久，母親有天特地打電話給我，叫我回札幌家中。

「好。是發生了什麼嗎？」聽見母親這麼說，我有點擔心是不是家人生病之類的。

「沒有，別擔心，我們都很好，妳回來就知道了。」

回到家中，父母跟我說明要我回來的原因。

「我和你媽白手起家，努力打拼了這麼多年，診所才有這樣的規模。現在經營權的部分，是由我和你母親還有你哥哥姊姊，分別各自持有。妳現在已經辭掉工作，以後若是有了小孩後，開銷勢必也變大，若只靠成一個人怕也會較辛苦。所以我和你母親決定，要在東京買一間店面準備開設診所，由妳負責經營。這樣妳不但有收入，而且也可以兼顧家庭。妳覺得如何？」一向話語不多的父親，對我說了這番話。

當下，我思考了一會兒。結婚，不只是濃情蜜意就足夠的，現實的柴米油鹽，也是非常重要的一環。

「好，我願意接手。」從沒意願管理家中事業的我，爲了我和成的將來，我也鼓起勇氣願意嘗試。

「但有一點相當重要，妳一定要記住。不是爸爸不信任成，而是這是一份屬於妳自己的事業，記得產權、經營權和金流的部分，全部都要由妳自己掌控知道嗎？」

「我知道了，爸。」父親這麼耳提面命，一定有他的道理，我也銘記在心。

「另外，妳名下的這些房產，和手上的現金，也絕不要輕易的讓成知道太多。妳之前在銀行上班，應該也了解媽說的意思吧。」母親說。

的確，在銀行工作的期間，看到了許多夫妻因爲金錢方面的問題，而有許多紛爭。

父母的提醒，也不是沒道理。

回到東京後，我告訴成，父親有診所的分支要設立在東京，所以我要協助管理，其餘的部分我並沒有多說。而成也的確沒有時間過問太多，因爲現在是他職涯的重要時刻。

「我回來了。」成在玄關，一邊脫下皮鞋換上室內拖鞋，邊說著。

「你回來了。」我穿著圍裙從廚房走了過來，要幫忙提成的公事包。

「妳不用這麼做，妳是我的妻子，不是我的傭人。」成一邊說著一邊輕摟著我的腰，兩人又忘情地擁吻。

新婚的兩人，仍然甜蜜依舊，無時無刻總是難分難捨。

晚餐時，成看起來有點疲憊。

「今天，很累嗎？」我問。

「對，有點。」成說。

「我可能有機會升上支店長（分行經理）。」成接著說。

「眞的，那太好了，這是你的目標不是嗎？」我眞心爲成感到開心。

「其實我也很高興公司有看到我的努力，只是……」成說了一半，又嘆了氣。

「只是什麼？」我問。

「地點，可能會在仙台市，不是東京。」成回答。

「……」

兩人暫時一陣沉默。東京與仙台距離三百多公里，就算搭乘新幹線，也要一個半到兩個小時的距離，對於新婚的兩人，要分隔兩地實在有些爲難。

「成，至少先升上這個位置，仙台是你的家鄉，應該也較熟悉吧。努力一陣子以後，有機會再爭取調回東京也可以，或是我可以和你一起過去赴任。」我握著成的手說。

「謝謝妳，不過妳也知道，就算是支店長的宿舍，住起來也不會比家裡舒服。妳在這裡已經住得很習慣，我也捨不得讓妳又要跟我去吃苦。」

兩個人互相體諒的心情，彼此都懂。暫時不說這些工作上的事，享受璃親手煮的料理，是成覺得每天最幸福的事之一。

「成，我也要和你說一件事……」我帶著微微笑意說著。

「嗯？」成覺得有點疑惑。

「我……懷孕了。」我微笑說著。

「真的！」成馬上放下碗筷，站了起來，快步走到我身邊蹲了下來，將手輕輕地放在我的腹部。

「是這裡嗎？寶寶在這裡？」成難掩興奮地說著。

「嗯。大約八週大，肚子還看不出來。」我笑著說。

「太好了，璃，我要當爸爸了！」成開心地說著，嘴上的笑容完全止不住。

那時候，看著成非常高興地期待肚子裡的新生命，我感受到生命是如此完整，此刻的我彷彿已擁有一切。

而我的事業，也正要起步。白天在剛開幕不久的診所內，除了診療之外，不論大小事情我都儘量親力親爲，而將近傍晚，又匆匆趕回家中要準備晚餐。加上懷孕初期，我的孕吐也十分嚴重，身體的負擔其實不小。所以，成幫我聘請了一位家政婦，可幫忙準備餐點和打掃，讓我可以專注在我的工作，不用再忙於奔波家裡和診所之間。

公司的人事派令已經發布了，成已經確定要出任仙台支社的支店長。以成的年資，可以升上分行經理非常少數，主要是因爲成一直在績效上的優秀表現，以及積極參與社內的許多活動，某一部分來說，也可能是因爲成非常積極經營公司的人脈關係，才爲自己爭取到這個機會。

原本的分行同事們，在一個週五的晚上，相約去大家常去的居酒屋，幫成慶祝他的升職。畢竟，成從新人時期就在這家分行，這裡算是他的起點，與同事們也有革命情感，當晚的餐敘，杯觥交錯，每個人都非常盡興。

將近午夜時，成搭著計程車回到家。

進了屋內，客廳的燈已經熄滅，但臥室的燈還亮著。有時璃會在睡前看點書，所以成也不覺得有異。

「璃，我回來了。」成說。

屋內並沒有任何回應。

成走進臥室，發現床鋪都還整整齊齊，完全沒有璃的身影。成開始覺得有點不對勁，他在家中到處尋找璃的身影，看見浴室燈是亮著的，一推開浴室門，成瞬間清醒。

璃倒臥在地上已毫無意識，呼吸微弱，滿臉蒼白。而她的身邊有一小灘……鮮血。

「璃！」成呼喚著，但璃依然毫無回應。

他的心裡，已猜測到可能發生了什麼，但此刻了他更擔心璃的狀況。成跪坐在璃身旁，握著她冰冷的手，這是他第一次覺得可能會失去璃。等待救護車到來的期間，有如千萬年之久。

「璃，別離開我。」成在璃的耳邊輕輕說著，眼眶也已泛紅。

不知經過多久，我慢慢地睜開雙眼，下腹部還有點疼痛。轉頭看到在旁邊椅子上睡著的成，他身上還穿著昨天的襯衫。

「成……」我虛弱地喊著成的名字。

成聽到後，馬上睜開疲憊的雙眼，走到了我的面前。

「璃……」成滿臉擔憂的神情，一邊摸著我的額頭，一邊疼惜地說著。

「這是哪裡？」我問。

成不知該用什麼樣的詞彙說明，我好不容易醒來，如果說了，現在的我是否會承受得住？

「妳現在醫院，昨晚，妳在浴室昏倒了。」成說。

「爲什麼？」我接著問。

「……」

「醫生說懷孕初期，有時會因爲不明的原因發生這種情形。」成說。

「寶寶……離我們而去了。」成接著說，看得出他也盡力忍住哽咽。

我不敢相信我所聽到的，側過身去，開始啜泣。爲什麼？我做錯了什麼？不對，是我的錯，是我沒有照顧好寶寶，我沒有保護好一個脆弱的小生命，是我的錯……我的心緒混亂自責，無法用言語形容的悲傷，因爲我實在無法接受，我流產的事實。

回到家後，我也幾乎食不下嚥。

總是哭著睡著的我，在夢境中，彷彿看到我抱著寶寶，笑得幸福，在懷裡的寶寶睡得香甜又安心。我知道，這只是個夢。可以不要醒來好嗎？我寧願永遠不要清醒，只爲了能讓寶寶繼續在我的身邊。我還想再多抱抱他，但，寶寶的身影逐漸模糊，然後消失不見。

然後，我又流著淚醒來。這樣的日子，持續了一段日子。

這天，天氣十分晴朗，我搭了電梯到頂樓的空中花園散步。因爲身體在小產後還沒完全恢復，不太適合出門。這裡人少，不太會受到打擾，可以讓我稍微調適一下心情。

「璃，是你嗎？好久不見？」原說。

「你好。」我說。

原在工作之餘的嗜好是攝影，尤其是拍攝光影的變化。之前和其他的業餘攝影者一起開過幾次攝影展，璃和成也曾去參觀過。頂樓位於29層之上，視野空曠也沒有遮蔽物。天氣晴朗時，的確很適合攝影。今早開始，原就在頂樓，拍攝清晨從雲層透出的日光，一直到現在天空的雲相。

遠遠的，原看到璃也到了頂樓的花園。看著她有些落寞的神情，他不並想打擾她，但忍不住拍下了她有些憂傷的側臉。看著相機中的影像，他回想起，之前璃還在店裡附近的銀行上班時，一週都會有一到兩天，到他店裡購買午餐。璃總是優雅地出現在店裡，她有種說不出的超然氣質，與她說話時總是感到自在且放鬆。但最近的璃，臉上盡是憂傷。

「還好嗎？」可能看得出我的臉色有點蒼白，原有些擔心地問著。

「……」千言萬語，我不知如何回答。

可能是我的表情，讓原覺得他好像問了不該問的問題，他似乎也看出我可能發生了什麼，但又不是能輕易說出口的事。

「今天午餐我打算煮義大利麵，我會送一些過去給妳，方便嗎？」成問。

這讓我想起，之前還在分行上班時，只要看到當天午餐菜單有義大利麵時，一定有相當多人在店門口排隊。

原親手料理的番茄義大利麵，麵條軟硬適中，番茄醬汁的酸甜，搭配大量新鮮蔬菜和少許義大利香料及起司粉，非常受到粉領族的喜愛，我也不例外。

「好，很久沒品嚐你的義大利麵了。」我說著，勉強露出了笑容。

接近中午，原送來了義大利麵，和一碗蔬菜湯。

「記得趁熱吃，我就不打擾了。」原說。

「有空，若想來我店裡，我也隨時歡迎，好嗎？」原接著說。

盤中裝盛著熱騰騰，剛煮好的義大利麵。我拿起餐叉，雖然依舊沒什麼食慾，但還是打起精神吃了一小口，眼中的淚開始不斷滑落。

最難的部分，是心傷之後，我依然必須向前走去。

我知道原是特意做了這道料理，他只是一位鄰居，我也無法對他說明我的心情。原也沒有任何立場可以爲我做任何事情。或許唯有透過原所擅長的料理，他希望能帶給我一些安慰與希望。

是時候，該振作起來了。

月海中，

心語有時如漣漪，

有時卻又洶湧如猛浪。

三 忘湖

成已到仙台就任。離開家鄉也有十多年的時間，重新回到這裡，許多往事也慢慢浮現腦中。他儘量讓自己全心投入工作中，所有的人脈、顧客群，還有行內的部屬們，對成來說都要重新經營。

也因爲這樣，成也只能大約二到三星期才回家一趟。他想念璃，但事業對他來說更爲重要，只有穩定的工作與收入，才能帶給他心中安全、踏實的感覺。

這天，與行內的課長一起外出拜訪客戶，途中開車經過了他的老家，現在已經改建，也已沒有任何家人住在這裡。他的心中充滿感慨，大學時期的事，成幾乎都不會主動提起。

成在家中是獨子，父親原本經營一間小型的貿易公司，家境算是優渥。從小父母也相當注重他的教育，讓他從小學開始就唸私校，大學時成也考上了東京的私立名校。

但一切，從大一開始的某一天開始，成的世界全都變了調。

「媽，怎麼了？」還在唸大一的成，有天接到母親的電話。電話那頭，聽得出母親哭泣的聲音。

母親在電話中告知成，父親因為一場意外而身故。從那天起，他所認知的世界開始慢慢崩解。

因為父親的意外往故，他和母親才知道父親原來有背負許多債務，他與母親選擇拋棄繼承，也變賣了家中的財產，還清了需要償還的部分。然後開始了一無所有的日子。因為暫時付不出大一下學期的學費，他只好先選擇休學，和母親一起在東京蝸居在他的住處，兩人開始沒日沒夜打工的日子。

母親一直都只是個家庭主婦，家中遭逢巨變，她也頓失所有依靠。為了能夠繼續讓成可以念完大學，她選擇當家政婦，到別人家打掃煮飯。

而成為了多接幾分打工的工作，幾乎有什麼他都做。便利商店、發傳單、到遊樂園扮布偶等等打工的內容，別無選擇之下成也都咬牙接下。因為，父親不在了，什麼事都必須靠自己完成。除了房租、生活開銷之外，還有昂貴的大學學費，他也必須趕緊存錢，才能支付開學後的學費。

每天晚上，他帶著相當疲憊的身體回到住處，而母親也一樣勞累。漸漸地，母親的健康也出了狀況。幾個月後，母親也病故了。除了身體因爲過勞之外，成一直都了解，還有一部分的原因，是心碎。

在他的記憶中，父母的感情很好。但就在父親過往之後，他才知道，原來父親在外面，還有另一個家。

母親知道對方還有一個很小的孩子，是成的父親與對方生的。縱然在當時家中已經幾乎是窮途潦倒的階段，母親依然給了對方一筆金錢。她與對方只提出一個要求，不能讓孩子入籍，因爲就算成的父親已經不在，她自己才是唯一的妻子，而成是這個家裡唯一的孩子。

短短的幾個月內，成看盡人情冷暖，許多以前熟絡的親戚，因爲怕成一家人還有債務問題，幾乎都不敢與他們往來。也因爲如此，成才會帶著母親一同到遙遠的東京，想要重新開始。但沒想到，母親在這麼短的時間內也走了。

完完全全地，只剩下，成，一個人。

之後開了學，成也是一樣沒日沒也地繼續打工，學業也只能維持低空飛過，更別說和同學們有什麼交集。這段日子，成覺得自己只是一個會呼吸的軀殼，有如迷霧一般看不見的未來，無奈卻又孤寂的青春歲月，就這樣渾渾噩噩地度過，轉眼間成即將升上大三。

暑假裡的一天晚上，成在超商上大夜班，一位身穿合身西裝，打扮時髦，但談吐略顯世故的男子來買東西，結完帳後，店內也沒有其他客人，對方特意與成聊了起來。

「你還是學生嗎？」男人問。

「對。」成回答。

「打工是因爲要付學費？」男人接著問。

「都有。」成覺得有點不耐煩，但仍盡量忍耐地回答。

「如果是唸私立大學，這樣沒日沒夜的打工，也沒辦法付一整學期的學費，還會把自己累壞。」男人說。

「要不要來我們店裡打工？你應該會做得不錯。」男人一邊說著，一邊遞出名片。是附近一間有名的男公關店，沒錯，就是俗稱的牛郎店。

「考慮一下，以你的外型，再加上一些訓練，應該可以做得很好，這樣學費、生活費等你也不用煩惱太多，考慮一下吧。」說完，男人拿著剛剛買的物品離開。

成一邊整理飲料區的貨架，一邊看了一下名片，心中有點不太舒服。

「男公關店，我怎麼可能去那裡工作？」

但一想到之後還有好幾學期的學費要付，在暑假期間，每天打三份工的他，身心都很疲累。開了學之後，還要忙課業的事，更沒辦法這樣打工。某一部分的他，對剛剛那個男人所說的話有些心動。他將名片收好，帶著有些疲憊的身體，繼續整理著貨架上的飲料。

過兩天，那名男子又來店內買東西。不過這次他沒有和成聊天，只在結帳時和他微笑，然後點頭示意後就離去。

成看著男人離開的背影。他一樣穿著深色合身的西裝，黑色微亮面布料的襯衫，面貌乾淨帥氣，身形高瘦，說起話來不會有壓迫感，但字字都說到你的內心。不知道爲什麼，成對他有些好感。

幾天後的下午，成在住處。桌上擺著那天，男人給他的名片，名片上的名字是澤。

他拿起手機，撥了上面的手機電話號碼。

「喂？您好。」澤說。

「喂？您好，是澤先生嗎？我，我是，前幾天晚上在便利商店時有遇過您，您還給我名片。」成不知該如何敍述，因爲對方也還不知道他的名字。

「你是成，對吧？」沒想到，澤知道他的名字。

「您怎麼知道？」成有點訝異地問。

「便利商店制服上的名牌寫的。」對方說。

「現在離我上班的時間還早，我們一起去吃點東西，一邊再聊好嗎？」澤接著說。

他們約了一間很有昭和氣息的咖啡店，有香醇的咖啡也有許多定食。進門後，咖啡店老闆和澤很熟悉的閒聊了幾句，之後他們坐在靠近角落，也在窗邊的一個位置。

「想吃什麼別客氣，我請你。你應該很久沒有好好吃東西了吧？」澤說。

「可是，這樣不太好意思……」成回答。

「沒關係，就當好好吃一頓飯，別想太多。」澤用令人安心的笑容說著。

店內的餐點相當好吃，分量也很多，濃郁的咖啡香氣，讓成的身心頓時都獲得滿足。的確，他已經好久好久沒有這樣好好地吃一頓飯，還可以這樣悠閒地喝一杯咖啡。

「怎麼樣，有考慮到我們店裡打工嗎？」澤問。

「是有，但應該不會影響到我的課業吧？我還是希望能夠完成大學的學業。」成說。

「當然不會，白天你一樣要去學校上課，晚上再來上班就好，如果有期中期末考眞的忙不過來，就和店裡提前請假，我之前也是這樣過來的。」澤說。

聊天中，成知道澤也是就讀私立大學，獨自一人到東京念書。老家在長野的鄉下，因爲家人沒辦法有太多金錢上的支持，後來在打工的地方遇到公關店的老闆，才會進入這一行。

成說了自己家中的遭遇，父母皆已不在，目前也僅能靠自己。成一直希望能有個哥哥或弟弟，澤比成年長3歲，此時的澤就像是一個哥哥一樣，是一位可以訴說的對象。而澤聽了成的際遇，也是一臉心疼。

第二天下午，澤帶著成去見公關店的老闆。老闆對成的外型很是滿意，也了解到爲什麼成想來店裡打工的原因，他囑咐澤要好好指導這位後輩。

從那天開始，晚上成跟在澤身邊學習。從穿著、談吐開始，所有的細節，澤都一步步仔細地指導成。還帶他去量身訂做了幾套合身的西裝與與高級布料製成的襯衫。

每天晚上要出門前，看著鏡中的自己。還帶著學生氣質的他，穿著成套合身的西裝，深色卻低調華麗的襯衫，梳著俐落時髦的髮型。成雖然還是很不習慣。明明只有21歲的年紀，卻要開始面對如此複雜的另一個世界，但爲了生存，似乎也只能這麼做了。

從第一天上班開始，成開始努力適應，如何在那個業界裡生存，如何與衆多女客打交道，如何取悅她們賺取金錢，但仍保有自己的靈魂。而白天有課時，成換上學生模樣的T恤牛仔褲裝扮，背著大背包，一起和同學們在教室內上課，與一般大學生沒有兩樣。

很快地，成漸漸適應這樣的日子。店裡面，他的年紀最輕，長相也是最帥氣的一位，吸引許多客人指名。談吐應對上面，雖然還是有些生澀與稚嫩，但這樣的類型，卻也意想不到地吸引許多客人。成開始不用再擔心學費和生活費。但有一點，他絕不和客人外出或外宿，只在店裡面往來，這是他的原則。因爲，他知道，有一天他還是會離開這個業界，回到所謂「正常」的世界裡。

澤對成，完全是盡心盡力照顧，從生活上到工作上，感情深厚的兩人，一直以爲這是兄弟情深，但，有時看起來就像一對情侶。

這天假日，兩人都排了休假，澤開著車約了成要一起去爬山。車上的兩人開心地有說不完的話，不算太高的山，不過很少爬山的他們，流得滿身大汗。

「太誇張了，你的汗。」澤說。

「你還不是一樣。」成邊擦汗，邊說著。

一不小心，成的毛巾掉落在地上，滿是泥土也不能再用。澤從背包裡拿出另一條，靠近成，幫成擦著臉上的汗。沒想到四目交接的那一刻，成實在難掩心動，他忍不住地吻了澤。澤被成突如其來的舉動嚇了一大跳，但他也突然明瞭，自己也有同樣的心意。

那天晚上，兩人一同回到澤的公寓。

原來兩人對彼此的好感，不只是因爲惺惺相惜，而是有著互相愛戀的心意。

過沒多久，成搬進澤的公寓，在工作之外，他們兩人就像一般的情侶一樣。若是早上成在學校有課，工作到近乎清晨的澤，還是會幫成準備豐盛的早餐，讓他吃飽後再去學校。而晚上上班前，兩人也會一起做工作前的準備。

而難得的假日，兩人會一起去超市採買，或是開車到東京近郊遊玩。這段日子，成有了澤的陪伴，才漸漸從失去家人，失去一切的絕望之中，慢慢地再次甦醒。他的內心不再感到寂寞，也似乎覺得這個世界的確還是存在許多可能性，應該還是有值得期待的地方。很快地，成也升上大四，即將面臨就業的時候了。

成想要考公務員或是考銀行行員，正在猶豫不決時。

「你還是想當一般上班族？」澤問。

「是啊，公務員薪水不多但工作穩定，銀行上班薪水較高，但壓力也大。我想都考看看再決定。」成說。

「也好，加油吧。」澤回答。

因爲要準備學校畢業的小論文和就職活動，成到店裡上班的時間減少許多。澤知道，有一天成終將離他而去，但經過這段時間的朝夕相處，成早已住進他的心底。雖然非常捨不得讓成離開他，但爲了支持成的意願，他也只好壓抑著自己的心意。

「我考上了，銀行的工作。」成開心地向澤說著。

「太好了。」澤帶點勉強的笑容說著。

「怎麼了，你怎麼看起來不太開心。」成問。

「你考上了我很爲你高興，只是想到你即將離開……」澤說。

「澤，我很感謝你介紹我去店裡打工，讓我可以支付學費和生活費，我也很謝謝你無微不至地照顧我的生活，但……我還是想出去闖一闖。」成說。

「……」

「**別忘了，就算離開了這裡，你和我也是同一個世界的人。**」澤說。

澤說的這句話，深深地印記在成的心裡。他知道這樣的過往，以及愛過澤的自己，都是如此眞實。就算自己如今在職場，在生活上都已盡如己意，但某一部分的自己，就像澤所說的一般，他和澤永遠都是同一個世界的人。

隨著成已單身赴任到仙台工作，我也全心投入在診所的經營。也因爲對醫療與服務品質的要求，診所的經營已漸漸上軌道，整體營收與利潤也相對提高不少。

縱然整體的營運狀況在成長之中，但我暫時還不想在東京開設其他分店，想等整體營收與利潤再穩定一些，之後再考慮買下其他店面，用來開設診所的分店。忙碌的工作之後，有時我會到原的立食餐酒館，很喜歡他店內播放的環境氛圍音樂(Ambient music)，吃點東西，再點上一杯白葡萄酒，也讓自己的心情跟著放鬆。

看到璃來到店裡，原特地過去打了招呼。

「今天的餐點味道都可以嗎？」原微笑問。

「一樣的美味，謝謝你。」我說。

看著已經恢復元氣的璃，原的心中也放心許多。

「成到仙台工作也將近一年，妳會去看他嗎？」原問。

「嗯，上星期我才去過。」我說。

「妳應該希望成可以早日調回東京吧。」原說。

我也只能露出有點無奈的笑容，因爲原說中了我的心事。

我非常想念成。深夜，在家中的落地玻璃窗前，看著天空中明亮皎潔的滿月，心中滿是說不盡的寂寞。我想念成的笑容，想念成的擁抱，想念他的一切。而且對於外表英挺帥氣的成，獨自遠在他鄉，我也有點不放心。

「成，你也會想我嗎?像這樣的夜晚裡……」我心中想著。

下了班的成，到附近的居酒屋吃了晚餐之後，回到住處。盥洗之後，看著窗外銀白色的滿月，一個人坐在客廳發呆。一個人的時候，成很想念璃，他想念璃的笑容，想念璃與他撒嬌時的溫柔，想念璃的一切。但他不會擔心璃會有什麼出軌的舉動，因爲他知道，璃只愛他一個人。

這星期五晚間，成搭乘新幹線回到東京，時間是晚間8點多。他沒有馬上回家，而是到了銀座，那裡有間他偶而會一個人去的高級酒吧。

他總是習慣點一杯純威士忌，不加水或冰塊。

坐在吧檯前，閉上雙眼，聽著緩慢慵懶的爵士樂，微亮的燈光，微醺的夜，不受打擾的世界。

自從回到仙台後，過去的回憶不斷地湧上心頭，成覺得有些煩亂。加上新接手一家分行，許多工作上的流程都必須重新再熟悉，他也很想要盡快有出色的表現，但這也並不是件容易的事。當他有些心事時，成就會來到這裡，點上一杯威士忌，慢慢地酌飲，算是大人的祕密基地吧。

晚間10點多，離開酒吧時，聽見有人叫他。

「成！」

成回頭看了一看，並沒看到人。轉頭又往前走時，那個有點熟悉的聲音再度叫了他。

「成！」他轉頭一看，是澤。

「澤！」成說。

多年不見的兩人，再度見面，彼此的心裡都有點激動，但也都十分有默契地，將這份情緒隱藏的很好。

「你還是一樣帥氣，又多了點成熟男人的氣息。」澤說。

「你結婚了？恭喜。」澤看到成手上的婚戒說著。

「你也還是一樣，沒什麼變。」成微笑說。

「還在那裡工作嗎？」成問。

「幾年前，我就已經出來自立門戶了。」澤說。

「你呢？」澤問。

「我已經升上支店長（分行經理）。」成回答。

「我就知道你可以，做什麼事你都會成功的。」澤帶點感動的說。

「……」

兩人難掩心中的激動，但卻又只能默然隱藏彼此的心緒。

「那個，有點晚了，我必須回去。」成說。

「我知道。」澤一邊掏出一張自己的名片，然後遞給成。

「有空，我們可以聊聊。」澤微笑著說。

在計程車上，成想著：「是老天爺的安排嗎？我最近一直回想起大學時的往事，沒想到，就眞的遇見了他。」心中那份曾經深埋在心底的悸動，似乎悄悄已被喚醒。

回到家中，璃爲他留了客廳的一盞立燈。還帶點微醺的成，走到房間內，看到熟睡中的璃，美麗的臉龐，成忍不住地吻了她。

「成，你回來了。」我還帶著朦朧睡意說著。

「嗯，我好想妳……」成輕輕摟著我。

因爲成帶點酒意，我準備從被窩裡起身，想幫成泡點熱茶醒酒。

「沒關係，妳睡吧，我自己來就好。」成貼心地說。

第二天早上，迎著晨光，成用身體喚醒了我。兩人緊緊地相擁，長時間分隔兩地的寂寞，在此時盡情地傾訴，沒有太多的言語，只有忘情地繾綣。成，抱緊我，好嗎？此刻，請讓時間暫停，讓我在你的溫柔中留戀……

數週沒回東京的成，與璃幾乎形影不離，在璃的身旁，成感到很快樂。他可以暫時忘掉工作上那些煩心的事，忘掉大學時代那些傷心的事，還有暫時忘掉與澤之間的事。

「你在那裡，有沒有乖乖的？」我問。

「什麼意思？」成故意問我。

「就是……你懂的嘛。」我有點不好意思的說。

「我不懂？」成故意說著。

「好吧，算了。」我略嘟著嘴說著。

「我知道，故意跟妳開玩笑的。」成笑著說。

「那妳呢？在家有沒有乖乖的？」成故意有點調皮的問。

「應該，有吧。」我也故意用這樣的方式回答。

「什麼是『應該，有吧。』」

成從後面溫柔地環抱著璃穠纖合度又柔軟的身體。

「妳跑不掉了，因爲妳是屬於我的。」成邊吻著璃白皙的頸項。

週末二天的時光很快就過了，星期日傍晚，成準備搭乘新幹線回到仙台。列車上，他拿起澤的名片，依照上面的電話，傳了一封訊息給澤：「眞的好久沒見了，過幾個星期後我會回東京，是否可以見面？」

本來，成也沒抱著什麼希望，畢竟與澤也已十年沒見面，連電話都未曾再聯絡過。

幾天後，下班後的成，盥洗後，拿一罐已經冰得透涼的啤酒到餐桌前坐下，邊喝著，不自覺地拿起手機，看到有封新訊息：「我也很高興能再見到你，期待到時候見。」是澤傳來的訊息。

成的心中感到有點複雜。能夠與許久不見的老友見面，是有些令人期待。但畢竟那段日子，是成人生中最低潮混亂的時期，有許多不是輕易就可提起的傷心往事。與澤的相遇，伴隨著這麼多晦暗的記憶，卻又有許多與澤愛戀的片段，成的心中總是覺得有點矛盾與紛亂。這也是為什麼，這十年來，他都沒有與澤聯繫的原因。

3個星期之後的週五晚間，成再次回到東京。兩人一起到成偶爾會去的那間高級酒吧。

「經過這些年的歷練，你看起來過得比之前好多了。」澤先開口說。

「是的，也要感謝你之前的照顧，我才能有現在算是穩定的工作和生活。」成說。

兩人在吧台並肩而坐，成依舊點了威士忌不加水，澤點了杯馬丁尼。

「你呢？還是一個人嗎？」成問。

「目前是，遇過幾個人，但都沒有你好。」澤說完，輕啜一口馬丁尼。

兩人暫時沉默。

十年的空白，不是一時之間就用幾句話就能填補。澤沒有說出口的，是對成有太多的掙扎與想念。成的出現帶給他莫大的快樂，那些日子的相處，已讓澤深深陷入無法自拔，但也因為深愛著成，才願意放手讓他去闖蕩。當成終於考上銀行員，要回歸「正常」的生活離他而去時，不知經過多少個夜晚，澤才慢慢重新學會一個人自處，不再哭泣。

「不過，看到你現在過得很好，我也就放心了。」澤淡淡地說。

他喝完這杯馬丁尼後，站起身對成微笑著說：「我先回去店裡，現在正要開始忙碌呢。今天，就讓你請客吧。」

「當然好。」成也微笑回應。

「下次再約，好嗎？」成接著說。

「嗯。」澤有點依依不捨地回應著，但隨即穿上外套離去。

目送澤的背影離去，成的心中愈發有種意念，無法形容的意念。

「澤，其實這些年，我還是會想起你，但我就是無法說出口，你能夠了解嗎？」成心裡想著。

回到家中，璃還沒睡，正坐在沙發上看書，一邊等著成回來。

「你回來了。」看到幾個星期沒回來的成，我開心地到玄關擁抱他。

「我回來了。」成也緊緊擁抱著我，久久不放。

深夜，璃感受到成有著相較以往更濃烈的熱情，而她也溫柔地回應著成。看著璃迷濛的眼神，他有些狂亂地吻著璃柔軟的雙唇，而璃略微凌亂的髮絲之間，散發著只屬於她的淡雅香氣，更讓成意亂情迷。此時此刻，成只醉心於璃的一切。

成沒有說出口的，不，而是成自己可能都沒有意識到。今晚與澤的見面，或許讓成對璃有著些許的，愧疚。

靜若柔湖，愛若繾綣。

眞心如我，摯情卻如迷霧。

四　憂傷湖

下午五點多，在分行的成仍在工作中，手機因爲有來電顯示，成一看是澤打來的。

「澤。」成說。

「成，你還在工作吧，不好意思。」澤說。

「沒關係，只是在處理今天的既定事項，可以說話的。」成說。

「是這樣的，我現在正在仙台車站，想請問你下班後方便一起吃個晚餐？」澤問。

「你怎麼突然來這裡？」成問。

「我和幾個朋友幾天前來旅遊，我說要留下拜訪一位朋友，讓他們先回去了。」澤說。

「這樣啊，好啊，我們約6點半好嗎?在車站碰面，請你再等我一下。」成說。

成準時到了車站。他帶澤到他常去的一間居酒屋，兩人各點了杯啤酒，佐著餐食從工作到近況，開始天南地北的聊著。或許沒有了在東京時的拘束感，兩人說起話來，氣氛感覺明顯放鬆許多。

晚餐後，澤要搭乘晚間從仙台往東京的最末班新幹線。成送澤到了改札口（剪票口）前，兩人雖然看起來就像普通的朋友般，但彼此的心裡都感受到有點依依不捨。

「今晚很愉快，謝謝你請我吃飯。」澤說。

「應該的，以前你這麼照顧我。有空可以再來仙台，附近有很多很棒的溫泉，可以介紹你去」成說。

「嗯。」澤微笑回應著。

澤轉身就要進入改札口時，成順勢握了澤的手，兩人相視卻無言。澤的眼中有些淚光，而成也了解，澤從東京特意北上的行程，其實就只是能夠與他見上一面。

「路上小心。」成說。

「好，我會的。」澤勉強帶著笑意回答。

兩人的手好不容易才鬆開，而成也一直目送著澤的背影，直到看不見爲止。

對澤來說，經過多年後終於能和此生摯愛相逢，彷如心願成眞一般，但難以接受的是，他已經與別的女人結婚。於友情，他是應該要給予祝福，畢竟成的青春歲月，經歷了太多，且不該是他在當時的年紀所要面對的曲折。但，於愛情，是多麼，情何以堪。

成也十分了解澤的心情。現實生活中，倘若兩人能夠交往至今，對於傳統禮教與現今的法律來說，也無法眞正大方地步入禮堂。他是眞心愛著璃，但如今澤的出現，成自己都還不知道，自己心中的某些部分，竟然開始有了些許動搖。

幾天後的晚間，成撥了電話給璃。

「是我。」成說。

「成，好幾個星期沒看到你了，好想你。」璃聽到成的聲音開心地說。

「我也是。」成說。

「這星期要回來嗎？」璃問。

「會。」成說。

「已經一個多月沒回去了，我也很想妳。」成接著說。

「我去車站接你好嗎？」璃問。

「沒關係，妳工作了一天應該也很累了，在家乖乖等我就好，好嗎？」成溫柔地說。

週五晚間，成特意坐了 18:31 發車的新幹線，是中途只停靠兩站的快車，大約 20:04 就會到東京。

成一走出改閘口，就看到熟悉的身影。

「澤，等很久了嗎？」成帶著笑容問。

「不會，等你再久都值得。」澤也微笑回答。

兩人一起坐了計程車，到與澤第一次見面的咖啡店用餐。這間咖啡店，依舊是維持下午 1 點才開始營業到晚間 10 點。十年來未曾再踏入過這間咖啡店的成，一走進店內，發現擺設依舊與記憶中沒有太大差別，老闆依然親切地在吧檯前與澤寒暄，而今天的澤是笑容滿盈，感覺得出他高興的心情。

「應該還沒吃晚餐吧？」澤問。

「還沒，一下班就趕緊去搭車。」成說。

「這樣一個人到仙台工作會不會很辛苦？」澤問。

「剛開始真的很不習慣，又要到一個地方重新適應。不過轉眼也已經快兩年，我已經習慣這樣的方式。有時反而覺得，有自己的時間和空間也不錯。」成接著說。

「就好像還是單身一樣。」澤說。

接著，兩人的餐點都已經來了。主菜是外表炸得香酥的大明蝦與炸豬排，配上豐富的生菜與高麗菜絲，附上兩道小菜與味增湯，還有香氣撲鼻且還冒著白色蒸汽，熱騰騰的白米飯，附上兩杯冰涼的啤酒，兩人吃得既開心又滿足。

餐後的手沖咖啡也已上桌，咖啡的香氣緩緩地飄散。

「你太太，有在工作嗎？還是主婦？」澤問。

「她的實家（娘家）開設連鎖型的牙醫診所，她負責經營東京的分店。」成說。

「原來是千金小姐啊。」澤說。

「穿著打扮的確是千金小姐，但個性上相當善良溫柔，當初是一起在分行工作時認識的，現在也很努力在經營診所，是很認真的一個女人。」成說。

「嗯。」澤回應著。

「聽起來，你滿愛她的嘛。」澤接著說。

成沒有回應，只是微微笑著，邊拿起咖啡喝了一口。

「吃醋了？」成接著問。

「有一點。」澤帶著有點玩笑的語氣說。

成沒有說話，但依舊是微笑著回應。兩人都知道，目前兩人都已有各自的生活，不應該過度打擾彼此的隱私。但好奇是與生俱來的天性，澤很想再多了解成一點。將近十年未見的成，卻突然某一天，成熟又帥氣地再次出現在眼前，澤很難不再次心動。

「你呢？店裡的生意應該不錯吧？」成問。

「還算平穩，不過你也知道的，那一帶生意很競爭。各路人馬都要好好安撫，才能細水長流平平安安。」則說。

「晚點你還要回店裡嗎？」成問。

「還是要的，有時一些難以處理的場面，還是要我親自出面才行。」澤說。

「再過個幾年，我想也差不多可以退休了。到時候我打算回長野，爸媽年紀也不小了，兄弟姐妹也都各自成家，只剩我一人未婚也沒家累，還是需要有個人住附近，和父母有個照應。」澤接著說。

「也好，五光十色的生活過久了，若能反樸歸眞，陪伴家人，那也很好。」成說。

轉眼間，已到了咖啡店卽將打烊的時刻。兩人走到了大馬路口，準備各自搭乘計程車。

成揮手攔下計程車，讓澤先搭乘。臨上車前，他對澤說：「保重身體，別太累了。」

「好，我會的。」澤微笑說著。

坐上了計程車，澤看著後照鏡裡逐漸遠去的成。

「成，這一次，別再輕易說要離開我了，好嗎？」澤的心中是這麼想的，但他也沒有把握成是否還能了解他的心意。畢竟，成現在已是人夫，對他的確是不應該再有太多想像，但自己曾經因爲失去過他而心碎不已。這次，是否又要再錯過一次？

轉眼間，成這樣單身赴任的日子也已過了三年。對於分行內的大小事務，也開始能夠充分掌握，當然分行的整體業績也開始穩定的成長，也因爲如此，相當受到總行的認可。最近，各分行又開始了主管級的人事調動，因爲每三年一次的輪調期又來臨。

因爲成在仙台的優異表現，總行終於決定將他調回東京的大型分行擔任支店長。能夠再度調回東京，而且職級薪資也相對調高的情形下，對成來說，在職涯上又是一個非常大的突破。他也終於可以不用每隔幾週就必須匆忙搭乘新幹線往返，終於可以不用再忍受必須與璃長期的分離，終於可以回到這個有著美麗景色，且舒適又寬敞的住家。

也或許，可以與澤再靠近一些。

今天是成回到東京就任的第一天。這次要管理的分行規模比起之前成所待過的分行都大上幾倍，總行對整體業績的要求也是多上幾倍。雖然本來就有不錯的營業額，而且是位於相當好的地段，但是周圍都是相當競爭的環境，是一個絲毫不能鬆懈的職務。不過，心中對於遲早會被調回東京一直都有準備，應該要如何保持最佳營運狀態，成的心中也早有自己的打算。

「我回來了。」成在玄關一邊換上室內拖鞋，一邊說著。

「您回來了。」回應的人是家政婦，惠。

「璃還沒回來？」成問。

「對，璃小姐都會晚點才回來。」惠回答。

回答完之後，惠一邊將成的晚餐擺上餐桌，馬鈴薯燉肉，山藥涼拌綠花椰，筑前煮（日式家庭料理，由紅蘿蔔、蓮藕、蒟蒻等材料燉煮而成），一份生菜沙拉，一碗豬肉味增湯，以及一碗熱氣蒸騰且香氣十足的白米飯，都是日式家常料理。

而在成的對面，也就是璃的座位前，惠也擺上相同的晚餐內容，只是分量都少了一半。

「璃，都吃這麼少嗎？」成問。

「對，璃小姐一向吃不多，她請我準備這樣的分量即可。」惠說。

「妳也一起吃吧。」成說。

「謝謝您，公司有規定不能與客戶一同用餐的。璃小姐也了解，所以她每次都讓我多煮一些，讓我帶回去，我很感激她。」惠微笑著說。

成雖然不習慣家裡多個人，但的確有了惠的幫忙，可以減輕璃在家事與工作間的負擔，他也是相當贊成。

「我回來了。」晚間8點多，璃回來了。

在玄關，雖然經過一天工作後，略帶點疲態的璃，仍然是以優雅的姿態輕輕脫下腳上的高跟鞋。一頭自然垂墜，深咖啡色且髮尾微捲的長髮，散發著迷人的氣息。穠纖合度的體態，依舊令成著迷。

「妳回來了。」成到玄關迎接璃，他給了她一個深深的擁抱。

「好想你。」我開心地說著，並緊抱著成。

就好像重新再複習一次新婚時期，兩人依舊是蜜意濃情。

「你吃過晚餐了嗎？惠煮的餐點都很好吃喔。」我一邊問成，一邊慢慢吃著晚餐。

說。

「我吃過了，餐點味道都很好。惠很親切有禮，家中也打理得很整齊乾淨。」成說。

「今天一樣很忙嗎？」成接著問。

「對，最近是忙了點，因爲我開始在找尋其他店面，想在東京開第二間診所。」璃說。

「妳看起來又瘦了點，別太辛苦了，好嗎？」成略帶點心疼的語氣說著。

「嗯，我知道。」我微笑地回答。

夜晚，成擁著帶著氛香氣息的璃，兩人緊緊相互依偎著。再也不用因爲分離，而必須度過孤寂的漫漫長夜。

「或許，我們可以開始計畫再生個孩子，好嗎？」成輕輕的在我的耳邊說。

成的這句話，我的心中感到有些複雜的情緒。三年前的那段往事，偶爾仍在我的心中浮沉。

雖然璃的表情並沒有顯露出她的心情，成也是。但對兩人來說，那都是一段非常心傷的回憶。

「現在我回來了，可以好好陪著妳，好嗎？」成說，並且用他厚實且溫暖的手掌，與我十指緊緊相扣。

璃沒有回應，她將身體輕挪緊靠著成，輕輕地吻了他的雙唇，雙手環抱著成感受到他溫暖的體溫，成已然了解她的心意，擁著她柔軟的身體，他溫柔摯愛地回應璃的一切。黑暗中，月光透過窗紗，淡淡地映照兩人繾綣的身影。此時，兩人的心，相較從前已經更加緊密。

成，你懂嗎？我……有些害怕。但，我也希望，能再度擁有我們的孩子。無論發生任何事，你都會陪伴在我的身邊，永遠支持著我，陪伴著我嗎？

這天，成一整個早上都在自己的辦公室裡，與總行進行視訊會議。自從接手東京的這間大型分行，高層們對於這間分行的各方面績效，都給予相當高的要求。雖然每月的達成率幾近 90%，但仍常被叮囑這樣必須要達到 100%甚或更高，這也讓成背負著相當大的壓力。

午餐過後，成正要走回分行。

「成，是我。不好意思，在忙嗎？」是澤打來的電話。

「不會，現在剛好是午休時間，剛吃完午餐要回分行。」成說。

「一直都還沒和你說，我調回東京了。」成接著說。

「眞的，太好了！你在仙台的努力終於被肯定了，恭喜你！」聽得出電話那頭的澤相當開心。

「謝謝你爲我感到高興。不過，這間分行的業績要求相當高，我也必須比從前更加努力才行。」成說。

「嗯，我也了解。」澤說。

「如果有空，我們一起見個面吧，有一陣子沒看到你了。」澤問。

「好，今晚我們約在那間酒吧好嗎？」成問。

「嗯。」澤回應。

下班後，大約晚間7點多，兩人一同在那間銀座的高級酒吧見面。

今晚的澤，感覺有些不同。澤一向都是一絲不苟的打扮，時髦且帥氣的髮型，身穿合身的名牌西裝，手工訂製且布料略微低調華麗的襯衫。但，眼神中多了些深邃且無可知曉的迷人魅力，實在令成再次感到怦然心動。

成知道，他不應該如此。

他已經是個已婚的男人，不應對外在的誘惑存有過分的期待，**但，生而爲人，最困**

難的部分之一，就是擁有深不見底的慾望。

兩人在吧檯並肩而坐，些微帶著微醺醉意的兩人，此刻相視無語。因爲，在兩人深層的慾望裡，都希望能再次、再度的擁有彼此。

這天晚上，成徹夜未歸。

這是成婚後，第一次，在沒有提前告知我的情況下，徹夜未歸。清晨的陽光，一樣的照進房間內，不同的是，是只有我一人的房間。

我再次拿起手機查看，沒有任何成的來電。同樣的，只有昨晚撥出的數通紀錄。她擔心是否成出了什麼事？還是工作上有什麼狀況？許多的想像在我的腦海中縈繞，揮散不去。

就在這時候，我聽到大門打開的聲音。趕緊披上外套，走到玄關。

「早安，璃小姐。」惠說。

「早安。」我有點失望，但仍保持冷靜地回應。

我帶著落寞的神情回到房內，眼淚開始不聽使喚地流了下來。

「成，你到底去哪了？爲什麼沒有和我說呢……」我心中實在是擔心不已。

梳洗完畢，換上外出的衣服後，我一個人呆坐在餐桌前。

「璃小姐，請問成先生還沒起來嗎？時間好像有點晚了。」惠小心翼翼地問著。

「他昨晚有事沒有回來。早餐準備我一個人的就好了，謝謝。」我十分沒有精神的，小聲地說著。

身爲一位家政婦，惠在許多家庭服務過，她也看過很多次這樣的情景。雖然心中可能知道是什麼情形，但也無法對客戶多說什麼。可她對成這樣的舉動十分不解，因爲看起來，他和璃的感情相當好？怎麼會……

在匆匆用過早餐後，我有點匆忙地開著車，要去成所在的分行。

「支店長，夫人在外面，說有急事找您。」行內的課長撥了內線給成。

「好，我知道了。」成說。

掛上電話，成深呼吸了一口氣。他知道是因爲昨晚的事，璃如果是要來興師問罪，他也只能默默忍受，畢竟這都是他的錯。成親自走到櫃檯外面，她看到璃的優雅身影，但臉上卻有著擔憂的神情，成的心中突然覺得相當不捨。

「璃，我們去裡面說吧。」成帶著我到他的辦公室裡，他讓我坐在沙發上，自己也坐在我的身旁。

「對不起，我昨晚喝多了，只能在朋友家借住一個晚上。因爲眞的很醉，朋友也不知我的住家地址，所以也沒辦法送我回去，也沒辦法打電話。對不起，讓妳擔心了。」成充滿歉意地說著。這是他昨晚打算不回家時，就已想好的說詞。成摟住我的肩膀一邊說著。

「我眞的很擔心，擔心了一整晚……」我有點哽咽地說著。

因爲顧慮到這是成的工作場合，我努力忍著不讓眼淚流出，因爲不想讓成帶來困擾。但看到成沒事，也聽了成說明的理由之後，我心中雖然是半信半疑，但也只能選擇相信他。我慢慢地喝著桌上的熱茶，稍微緩和一下情緒。

「你沒事就好，我先離開，不打擾你工作了。」我一邊站起，一邊說著。

「我今晚會早點回去，好嗎？對不起。」成握著我的手說著。

我因爲幾乎一整晚沒睡，感到十分疲累，已無法再思考什麼。

「以後別再喝那麼多了，好嗎？對身體也不好。」我說。

成陪著璃走到停車場，看著璃開車離去，成的心中開始有點掙扎。因爲，他不想放棄任何一邊。

「璃與澤，我都要。」成的心中是這麼打算的。

貪心的意念，已經完全佔據了成的心。

一邊是美麗優雅，溫柔又多金的璃；一邊是了解他的過去，並且是可以信賴的澤。兩人的身影完全地佔據了成的內心，他不願輕易地放開任何一邊。

晚上，成特地買了一束艷紅的玫瑰，也特地到了璃最喜歡的珠寶店，買了一副珍珠綴鑽的耳環，要和璃好好地道歉。

回到家，沒有發現璃的身影。

「璃還沒回來？」成問惠。

「有的，璃小姐下午就回來了，還在房間內休息，也還沒吃晚餐。」惠說。

成輕輕地走到房間內，他看到璃熟睡的樣子，心中感到有些心疼。璃等了成一個晚上，應該幾乎沒睡，但今天到分行時也都沒有責怪他。

成輕輕地吻了璃的額頭。

「回來了？」我緩緩睜開眼醒了過來，帶著略有睡意的語氣問著。

「嗯，對不起，昨晚讓妳等了一個晚上。」成帶著歉意說著。

「要起來吃點晚餐嗎？」成問。

「嗯，你先去吃吧，我換一下衣服。」我說著。

稍微梳洗，並換上衣服後，我走到餐廳。映入眼簾的是一束艷紅的玫瑰與一個白色的高級提袋，我一眼就認出，那是我最喜歡的珠寶品牌。

「對不起，我下次不會了好嗎？」成一邊捧著玫瑰，一邊對我說著。

我看著成充滿誠意的道歉，也終於露出了微笑。輕輕地捧了玫瑰，並請惠將花束修剪後放在花瓶內。

成，我不知道你昨晚究竟是去了哪？甚至，是與誰一同入眠？我什麼也不想再多問，只希望我在你的心中，依舊是唯一的最愛，好嗎？

「沒事吧？昨晚你沒回家的事。」澤傳了訊息問成。

「還好，璃等了我一個晚上，不過沒有責怪我。」成回傳。

「她真的是一個好妻子，你要好好疼惜她才對。」澤傳來訊息。

「我也會好好疼惜你。」成回傳。

澤看到成的訊息，心中十分開心。他和成無法成爲名義上的夫妻，但如果能保持這樣的關係，就算沒有任何名分，他也甘之如飴。澤也不想破壞成與璃看似幸福的婚姻，因爲，只要能繼續在成的身邊就好，其他的都無關緊要。

夜晚，成擁著已經沉沉睡去的璃。但，他一邊想著的，是在城市另一邊，是再度令自己著迷不已的，澤。

那天之後，成與澤總是會想辦法見面。無法壓抑的慾望，已經一觸卽發。兩人有如找回到十年前相識的當時，那份曾經以爲失去，但卻又單純的愛戀。一週有幾天，成會假藉與客戶應酬的名義，兩人在澤的家中相會。往往都是將近午夜，成才依依不捨地離開。

身爲支店長，原本應酬已經不少。回到東京之後，不管是與總行的高層們，或是與客戶之間的應酬，更是增加許多。雖不至於喝醉，但也都是略帶酒意地回到家中。甚至於假日，有時也必須和客戶一起球敍，一去又是一整天。工作的疲憊，加上應酬的勞累，成回到家中，總是盥洗之後，倒頭就睡。

我看了也相當心疼，我知道成爲了繼續往上爬升，非常重視各層面的人際關係。但有時，我只希望可以再像從前一樣，可以好好地和成一起單純地吃頓晚餐，輕鬆地聊著今天發生的事。但，似乎已經很久很久沒有這樣了。

晚餐時，我再次一個人坐在餐桌前發呆，放下了手中的筷子，回想著成坐在餐桌對面，與他有說有笑的情景。此時的我，覺得與成的距離，變得十分遙遠。

將近午夜，成還沒回來。我一個人坐在客廳的沙發上，不自覺地流下眼淚。我知道，不應該對成要求太多，因爲成是個很有自己想法的人，身爲她的妻子，應該全力支持丈夫的理想。但，身爲一個女人，我想念成溫暖的擁抱。明明他就在身邊，爲何卻比之前還要疏遠？

聽到開門的聲音，我趕緊將眼淚拭去，並慢慢地往玄關走去。

「妳還沒睡？」成問。

「嗯。」我回應。

「對不起，總是讓妳等我。」成說，一邊換上室內拖鞋。

我向前走去，伸出手緊緊地擁抱著成。成對我突如其來的舉動，感到有些訝異。但隨後他了解到，自己好像已經很久，沒有好好地關心他的妻子。

深夜，璃已經許久沒有感受如此炙熱的溫存，她緊緊地擁抱著成，看著成完全投入且又溫柔的神情，璃才感受到，成似乎還是愛著她的。成看著璃如此爲他痴迷的神情，他也無法克制自己，深深地吻著璃的柔軟雙唇，在璃的和暖溫度裡，他也感受到，自己仍然愛著璃的一切。在兩人忘情相擁的身影之中，再一次深刻的確認著彼此的心意。

成，請再一次抱緊我，好嗎？已經好久，沒能好好地看著你。我是否，依然還是你的最愛？

我似乎些微地感覺到，我的成，似乎已經不是從前的的那個成了。

成的心已經一分爲二，爲了滿足自己的慾望，他貪婪地選擇了兩方。如此玩火的行徑，成也毫不在意。他所經歷過的人海浮沉，支撐著他在複雜的人際關係中，可以如此游刃有餘，人心的黑暗面，他也早已看透無數遍。

只有璃和澤，他們給予成是最單純的愛。沒有算計，沒有心機。只有將最眞實的自己，完完全全、毫無保留地都給了成。

東方的天空漸漸微亮，又即將是一日的開始。還帶著睡意的我，仍不想起身。還想窩在你溫暖的懷抱裡，看著熟睡的你，依舊還是那樣英俊帥氣。還想聽著你輕淺的呼吸聲，感受你在我身旁的存在。忍不住，我吻了你……

成微微地張開雙眼，朦朧地看著我。

「對不起，吵醒你了？」我輕柔地說。

「沒關係，我喜歡妳這樣叫醒我。」成說著，並緊緊地擁著我。

帶著寒意的清晨，再度因兩人的熱情而不再寒冷。

成自己知道，最近的確減少了與璃相處的時間，但目前是他職涯的另一個巔峰期，他必須要把握任何可以在往上爬的機會，因爲他曾看過瞬間跌落谷底的情形，他也深刻體會過人性如此現實與不堪的一面。

淺意識裡，成對於權力與金錢有著很深的執著。他以爲，只有擁有這兩項，才能再度擁有安全感。大學時期突如其來的家庭巨變，讓他吃盡無法想像的苦頭。就在那時候遇見了澤，他提供了成一份收入不錯的工作，讓成不用再爲了三餐與學費奔波煩惱。而當時在生活上澤的悉心照顧，還有因爲與他的相識相戀，才讓當時成的晦暗人生才又有了一線光明。

多年後能夠再次遇見澤，他也決定將不再輕易放手。按耐不住自己想念的情緒，他每週都會儘量抽空與澤見面幾次。

吃完早餐後，成換上襯衫與西裝，我拿著領帶悉心地幫成繫上。打好了領帶，成站在落地鏡前看著自己的儀容，我從成的背後環抱著他。成也了解我的心意，轉過身，溫柔地擁著我，再給我一個深深的吻。

「我愛你，璃。」成看著我深情的眼眸說著。

「我也是，成。」我也溫柔地說。

「晚上早點休息，不用特意等我好嗎？我儘量早點回來。」成說。

「嗯。」我說。

看著成出門的背影，我瞬間感受到前所未有的孤獨感。

成，我知道，你似乎有事瞞著我。工作上的應酬當然是無可避免，但是否還有別的理由，讓你有另外一個可流連忘返的地方？

關於愛，
從來就沒有對錯，
只有，
墜入時的不顧一切。

五　湧浪

這天週末，是原與其他攝影者的共同展覽，地點就在銀座的一間藝廊。

而今年最特別的是，在一幅大型的攝影作品前，有許多人駐足欣賞。所有人都被影像中的畫面深深吸引，彷彿已將拍攝當下的那一刻，所有的心緒都放入照片中。

「**眷念**」照片的介紹詞，簡短地寫著。

璃也慢慢地走到了這幅作品前面，她看著照片中的影像。深褐色的髮絲被風吹拂著，幾撮髮絲微微遮住了側臉。望向遠方，帶著略顯憂鬱的眼神，彷彿理解這世上所有人的心傷。

是的，照片中的人，正是我自己。那是幾年前，我小產之後在家休養時期，到頂樓的花園散步時，遠遠地，被原拍攝下來的一幕。

展出前，原先徵求了我的同意。

「璃，這次的展覽，有一張與妳有關的照片。想請問妳同意讓我展出嗎？」原壤我看了照片的原檔。

照片中的她心傷卻唯美，這是原鏡頭下的她，或許有些隱然於心的意念，也只能透過影像表述。

「很美的一刻，卻也是我最傷心的一段時日。」我淡淡地說。

「就用這張吧。」我接著說。

第一天的展覽，很順利地結束了。原與朋友們要一起到他的店內慶祝。

「一起去吧，璃。」原說。

「嗯。」我回應著。

雖然是週末的晚間，但成也不知現在身在何處。一個人回到偌大且略顯空曠的住家，彷彿隨時要被心中的孤寂所吞沒。所以我決定也一起到原的店內用餐。

爲了不讓璃在這樣的場合感覺到被冷落，原細心地介紹他的友人們與我認識。有漁師（漁夫），也有舞台的燈光師，也有小學老師等等。來自各行各業的人們，本業都不同，卻因爲對攝影的共同嗜好，而有了相聚的契機。

我聽著他們分享著拍攝作品時的一些過程，覺得相當有趣。不知不覺時間也漸漸地有點晚了。

手機響起，是成的來電。

「璃，妳還在外面嗎？」成問。

「對，我在原的店裡，今天下午到他的攝影展參觀後，就來他的店裡聚餐。」我說。

「這樣啊，方便我等下繞過去接妳嗎？」成問。

「好。」我回答。

結束通話後。

「成等下要來接我。」我對原說。

「不好意思，我沒注意到時間好像有點晚了。」原說。

「沒關係的，我剛剛和他說過了，他應該會理解的。」我接著說。

過了大約半小時後，成的車出現在門口。

原親自送璃出來，也和成打了招呼。

「不好意思，今天是攝影展的慶功宴，我邀請璃一起來參加，大家聊得很愉快沒有注意到時間，所以就有點晚了。」

「沒關係，我了解。改天再找時間參觀你的展覽。」成說。

在車上，成用平淡的語氣說著：「以後，別在外面這麼晚，我會擔心。至少，也先給我一通電話，好嗎？」

「好，對不起。」我說。

「我沒有怪妳，但這個時間還在外面，實在有點不妥。」成說。

聽了成的這番話，我的心中有些不高興，但並沒有表現出來。

成也時常三更半夜才回家。我若詢問原因，他也總是說與客戶應酬。因爲擔心成的健康，我也曾好幾次對成勸說，不要安排這麼多應酬，如果不必要的，是否可以推辭？而此時成就會有點不悅，雖然不至於生氣，但總說著這是男人的事情，而且爲了工作，身爲妻子的璃應該要支持才對。

車上的氣氛顯得有些凝結，兩人誰也不想再多說什麼。

幾天後的一個晚上，成下班回到家，停好了車正等著電梯上樓。

「你好。」旁邊走過來的是原，一邊與成打招呼。

「你好。」成說。

電梯門打開，兩人一同搭乘。兩人各自刷卡後也按了各自的住家樓層，電梯靜靜地往上。

「原先生，以後請你少與璃有太多的往來，畢竟她現在是我的妻子，平常事業與家庭也相當忙碌，像上次那樣讓她在外面待到這麼晚，我很擔心，真的很不適當。」成面無表情地說著。

「對不起，上次的確是我沒有留意到時間，所以有點晚了。但你說不要我和璃往來，請問是什麼意思？」原聽了有點不悅，但仍保持禮貌地問著。

「我知道，你對璃的心意，一直都知道。從璃還在分行的時候，你就一直喜歡著她。」成說。

「但璃選擇了我，你就不應該再有非分之想。」成接著說。

這段往事，原記得清清楚楚。

多年前，一個週五晚上，璃與成還有許多分行的同事們一起到原的店內用餐。那時的原已認識璃一段時日，但對璃的愛慕之意，一直都還藏在心底，不知該如何表達，唯獨眼神是無法輕易藏匿的。

「你喜歡她，對吧？」成走近原的身邊問著。

「什麼？」像是心事被看穿般，原有些訝異地說。

「我看得出來，每次和璃來到店裡，你總是會用這種眼神看著她。」成接著說。

「但，你可能慢了一步。」成說完就走向璃身旁，繼續和璃以及其他同事們聊天。

接近要打烊的時刻，大家也準備回去，而璃與成走在最後面。接下來成的舉動讓原了解到，原來成早已近水樓台。他很自然地摟著璃的腰，而璃也絲毫沒有抗拒地走在成的身邊。成向後看了站在店門口的原，彷彿在告訴他：「璃，已經是我的女人，明白嗎？」

遠遠看到這一幕的原，也不得不接受眼前的一切，因爲與成在一起的璃，似乎也感覺得出相當幸福甜蜜。只能被迫接受現實的原失魂落魄了一段時間，但心中還是只能祝福著璃，至少成看起來對她是疼愛有加。

回到此刻。

「成先生，璃小姐是您的妻子，我們也只是鄰居和朋友，一且都是僅止於禮。」原仍試著語氣平淡說著。

「……」

兩人再度無言。但過了一會兒，原接下來說的話，令成相當吃驚。

「我看到了。」原說。

成並沒有回應。

「我看到你和一個男人一起用餐，看你們的樣子，這絕對不止是朋友的關係。璃知道嗎？」原有帶點質問的語氣說著。

成雖然心中相當訝異，也瞬間知道原所說的是他與澤的事情。

接著，成冷笑著說：「我知道你弟最近和我們分行申請融資，是展店需要，有部分是周轉需要，金額也不小。雖然之前往來的還款和信用紀錄都相當良好，但也有可能因爲『其他因素』沒辦法通過。你也知道，如果會有拒貸的紀錄，以後要再申請融資可能就沒那麼容易……」

「所以，請閉緊你的嘴，什麼都不知道，這樣所有的事情都會很順利地進行下去。倘若璃知道了什麼，牽扯到的範圍就會變得相當的大，明白嗎？」成接著冷冷地說。

聽到成可以若無其事地，不帶任何一個髒字的威脅，和他冷酷的神情，著實令人感到不寒而慄。原的心中感到氣憤，但在這個當下卻又無可奈何，他緊握雙拳，不發一語。

電梯門打開，是原的樓層已經到了。他緩緩地走出電梯，轉過身來看著電梯門逐漸關上，而站在裡面的成，露出一絲冷冽的笑容。

「成竟有著如此可怖的雙面性格，與他生活在同一個屋簷下的璃，還不知道即將要面對的是什麼。而我，卻什麼也不能說。」原的心中參雜著無奈與擔憂。

回到家中，穿過漆黑的客廳，他走到自己的工作室。打開燈，看著璃的那幅相片，憂鬱的神情，彷彿早已預知未來的一切。

晚間打烊後，店內已經收拾的差不多，員工們已先下班，剩下原一人還在店內做些帳務的工作。突然，手機鈴聲響起。

「原，請問你還在店裡嗎？我剛好在附近，方便過去嗎？」知佳問。

「是已經打烊了，不過我還在店裡，妳過來吧。」原說。

知佳是原在大學時期的女友，兩人曾交往過3年的時間，她是原同系的學姊。畢業後到美國取得新聞碩士學位後，回國考進全國聯播的電視台，短短半年就坐上主播台，負責國際新聞的播報。兩人雖然當時因爲分隔兩地而分手，但仍然是相當好的朋友，幾乎無話不聊，已是像家人一般的存在。

「吃過晚餐了嗎？」原問。

「吃過了。」知佳說，邊拿出手提紙袋中的盒子。

「剛從起司專賣店買來的 Blue Cheese 我記得上次還有寄放一支稍帶甜味的紅酒，搭配這個 Cheese 應該剛好。」知佳說。

「好，我去準備一下。」原說。

他將 Cheese 切下一小部分，再切成薄片，然後鋪於小碟中。再到客戶寄酒的櫃中，拿出知佳所說的這隻紅酒，手中再拿著兩支高腳杯，走到桌前。

「最近，都還好嗎？」知佳問。

通常都是原先開口的，但今天倒是知佳主動問起。

「前幾天，和大森、廣野他們一起聚餐，通常你也會一起來的，卻難得的沒出現。他們只說你似乎最近有些心煩的事，所以暫時想靜一靜。」知佳說。

大森與廣野也是原及知佳的大學同學，大學時期因爲四個人修了同一堂課，所以就熟識起來。畢業後大森在外商銀行工作，而廣野則是財務省的公務員。大約一到兩個月他們會一起聚會，大多是在原的店裡，但這次因爲原無法出席，所以也暫時改換別的餐廳聚會，大夥對於原無法出席相當訝異，因爲他總是爽朗得像從沒有煩惱似的，而如今卻有這麼令他困擾的心事。

「很難想像，你竟然也會有心煩到不想出席死黨們聚會，那事情就眞的有點嚴重了。」她接著說。

「是有些擔心的事。」原說。

「擔心？」身爲主播的知佳，對於「事件」的起源總是有相當的靈敏度。

「記得這次攝影展時，我有展出一幅女子的側面影像嗎？她其實是我的鄰居，璃小姐，我和她們夫妻其實也算熟識。」

原深呼吸了一口氣之後，淡淡地說：「但我最近看到了，她的先生有了外遇，而且對象是個男人。」

知佳聽了也相當驚訝：「我聽過這樣的例子，但發生在周遭的人身上，還是有些訝異。」

「璃小姐，你的鄰居，知道嗎？」知佳問。

原無奈地搖搖頭。

「幾星期前，我質問了璃的先生關於外遇的事，他威脅我絕不能讓她知道，否則會影響我弟和他們銀行的往來。」原說。

知佳看著原的擔憂的神情，似乎知道了些什麼。

「原，說實話，你是不是喜歡璃？」知佳問。

原沒有任何回應。正確地說，以目前的現狀考量，他已經不能說出自己對她的心意。

「我知道璃小姐是你的朋友，但她畢竟已是人妻，你並沒有任何立場干涉他們夫妻間的事。」知佳說。

「璃的先生，成，感覺不是一個簡單的人物。」原說。

「不過……」知佳說。

「就算是支店長，有這麼大的能耐？可以『任意』影響客戶和銀行的往來，這點倒是我相當有興趣的地方。」知佳接著說。

若有所思地，兩人各自喝著杯中的紅酒。

深夜的東京，隨著逐漸遠去的喧囂，似乎有些反常的寧靜。夜空已覆於雲層之上，輝月繁星也無法再綴於深藍的暮夜裡，陣風將所有的塵埃吹向未知的四方。經過琉球群島，從西南而上的第五號颱風，也是近年來規模最大的強烈颱風，正朝著平靜的東京灣岸緩緩靠近。**一陣陣襲來的湧浪，退去之後，留下的是令人幾乎窒息的靜默。**

週二的下午，澤到了成的分行。

「您好，請問今日是要辦理什麼事項呢？」新來的櫃檯人員，里美，以專業的笑容詢問澤。

「存款。另外，請問支店長在嗎？我有些業務上的事情要與他請教。」澤說。然後從男用手拿包中拿出一疊現金與通帳（存摺）邊說著：「這裡有兩百萬圓整。」

剛下分行才三個月的里美，第一次看到有人拿著這麼多現金存款，不禁感到有些緊張。

「存款的部分我先爲您辦理，我也會爲您確認支店長是否在會議中，請您稍候一下。」里美努力地按照先前的訓練，冷靜地回答澤。

「支店長您好，櫃台有位澤先生想與您見面，請問您現在方便見他嗎？」里美到後方的辦公桌撥了內線給成。

「好，請澤先生到我辦公室來。」成說。

里美完成存款的程序後，將通帳交還給澤：「澤先生，這是您的通帳。支店長請您到他的辦公室，請隨我來。」里美說。

到了成的辦公室，成起身從辦公桌後走出，伸出手禮貌性地與澤握手。

「您好，澤先生，感謝您對我們分行的支持，這邊請坐。」因爲里美還在場，成就像是與行內的客戶見面一般，說些不著邊際的寒暄語。

「里美，可以麻煩妳泡杯茶嗎？謝謝。」成對里美說。

「好。」

隨後，里美走出成的辦公室，並將門關上。

「成，你的辦公室寬敞又氣派，完全是支店長的派頭呢！」澤一邊環視四周，一邊讚嘆地說著。

而成一邊將手伸出，握著澤的手說著：「其實在仙台的支店長辦公室，也是這種規格，只是現在的這間分行去年剛裝修過，所以整體看起來很新穎。」

兩人的手緊緊地十指相扣，似乎在把握著能見面的每分每秒。連里美要端茶進來的敲門聲，都不自覺地忽略了。

「失禮了。」里美將門打開時，成與澤相握的雙手，才趕緊放開。

里美完全看到了這一幕。霎時，她感到有些錯愕。但隨後，她也似乎了解了什麼。趕緊將兩杯熱茶放下後，退出成的辦公室。

下班時，里美已經將今天的工作完成，準備要到更衣室換下制服前，支店長撥了內線過來：「里美，忙完了手邊的事，到我辦公室一下。」

里美有點戰戰競競地，走向成的辦公室。辦公室的門是開著的，里美走到門邊。

「支店長，您找我？」里美說。

「對，請進，門不用關。」成說。

里美走到成的辦公桌前，有點不知所措。而腦海中不自覺地，又出現下午看到的那一幕。

「別擔心，我只是想問問，妳從新人訓練完，就直接派到我們分行。時間上，也差不多三個月了，一切都還適應嗎？」成微笑說。

「都很適應，如果有不懂的，其他前輩也都很細心地指導我，我很謝謝他們。」里美說。

「我之前看過妳的履歷，妳是從東京的國立大學畢業，本來已經取得公費留學的資格，後來因爲母親發生了嚴重車禍，而必須長期臥床。妳和弟弟因爲要輪流就近照顧母親，才放棄了留學的資格，進而考進我們銀行。我覺得這一點，很讓我感動。母親現在狀況有穩定些了嗎？」成看似親切地問著。

「謝謝您的關心，有較穩定些了。」里美說。

「今天來的澤先生，他也是一路從鄉下到東京努力打拚，許多年後才有了現在的成就。他對妳今天的表現讚譽有加。而我有稍微和他提了妳的狀況，所以做了一個決定，但是也要看妳自己的意願。」成說。

「可是我今天只是按照正常程序服務顧客，並沒有特別的地方。」里美說完，突然想起應是下午那一幕的事情。

「至於……」里美欲言又止。

「至於什麼？」成問。

里美完全不敢說出口，頭壓得低低的。

「我知道妳以後想轉做理財顧問，而澤先生他也表示願意當你的客戶。以後他來到分行時，就由妳親自服務。」成說。

「如果澤先生今天要存款兩百萬，但妳點完後是兩百二十萬，多餘的金額妳將怎麼處理？」成接著問。

「先和客戶表示點鈔的金額是兩百二十萬，然後詢問客戶是否要存入這多餘的二十萬，若客戶表示不要存入，那就必須將這二十萬還給客戶。」里美說。

「里美，其他人是要這樣的答案才是正確的，但妳不行這樣回答。」成說。

接著，成站起來，慢慢地走到里美身邊，放低音量對她說：「那多餘的二十萬，妳必須收下。」

里美聽到後，幾乎已是驚嚇的狀態。她的呼吸急促，手心冒汗。

「支店長，這樣好像不太對……」里美不知該如何開口反駁。

「我知道，看著自己最重要的家人因爲受傷，或許無法再恢復得像從前一樣，心裡上是一件相當難過且痛苦的事，而現實上，就診、治療、復健、營養補充等，這些都是所費不貲，對於妳一個剛出社會的上班族，眞的是很辛苦。所以，別再抗拒了，這是澤先生他主動提起的，以後就這麼做，懂嗎？」成接著依然放低音量，但字字句句說到里美心中的痛處。

說完，成走回自己的辦公椅坐下，微笑說著：「沒事了，趕緊回家吧。」

里美正要轉過身向門邊走去時，成問了：「喔對了，妳剛剛說『至於……』什麼？」

里美已經了解成的意思，她回答：「沒有什麼，我什麼都沒看到，什麼事都沒有。」

「妳懂了就好，有點晚了，趕緊下班吧。」成頭也不抬地說著。

成無法捉模且表裡不一的性格，非一般人所能知悉。而所有看過這一面的人，也都相當畏懼，透過這樣的方式，成以爲，他可以控制著所有他要的一切。

颱風來臨的前夕，夕陽的天空染成了一整片詭異的橘紅。海面上綿延數公里的湧浪，一波又一波開始猛烈地拍打沿岸。盛夏的時節，氣溫卻如冬日般寒冷。時而狂風驟雨，時而風停雨歇。沒人知道，接下來，即將要面對的是什麼。

夜晚，成回到家中，趁著璃已經睡去，他到陽台撥了電話給澤。

「講好了？」澤問。

「對。」成說。

「對不起，會不會很困擾？」澤有點懊惱地問。

「一點也不會，這只是小事，別放在心上。好嗎？」成安慰著澤。

「成，有你在，我覺得很放心。」澤說。

「那就好，我也想成爲一個讓你能依靠的男人。」成說。

但他不知這句話已被在身後的璃聽得一清二楚。

睡得朦朧迷糊的我，發現成不在身邊。起身披了一件外套往客廳走去，陽台的玻璃門沒關，又聽見似乎是成在說話的聲音。我悄悄地走去，正好聽見了成所說的這句話，彷彿沉睡多時的我，瞬間清醒。

原來，成近期的晚歸，甚至先前的徹夜未歸，果然是有原因的。

我緩緩地往房間走去，在被窩中開始無聲的哭泣。我愛你，成，我給了你所有的信任。你卻，還是……我的淚水止不住地不斷湧出，不敢相信我剛才聽到的一切。

聽見成走回房間的腳步聲，我轉過身將眼淚拭去。成回到床上，發現了正在啜泣的我。

「怎麼了？」成問。

「為什麼這麼傷心？」他一邊問著，一邊想要擁著我。

而我將他推開，轉過身不願和他說話，只是繼續哭泣。

哭了一陣子後，我終於忍不住問：「你剛剛在和誰說話？」

「一個朋友而已，沒什麼。」成試著若無其事地說。

「那是什麼朋友？要成為能讓他依靠的男人？」我繼續追問。

「……」成無法回答。

「是其他女人嗎？」我繼續問。

成還是保持著沉默。而他越是不說話，就越是證明了，這件事，是真實存在的。

「你怎麼可以這麼做？我是這麼信任你……你徹夜未歸，編了一個理由，我也選擇相信；最近總是說要應酬，我也告訴自己我必須相信，沒想到我所有的擔心都是真的。」我邊流著淚對著成說。

成臉色凝重但仍不發一語。他不知道該怎麼和璃解釋，兩邊都是他的最愛，他誰也都不想放棄。但看到如此傷心的璃，他也相當捨不得。

「璃，我還是愛著妳的，別想太多……」成試圖安慰我。

「成，別傷害我，好嗎？」我帶著哽咽說著。

成將我緊緊地擁在懷裡，我依然感受到他的體溫，依然感受到他結實的臂膀。可是我一想到，是否他也如此擁著其他女人，心痛得就像是快要碎裂一般，幾乎無法呼吸。

好不容易，哭得累了。睡夢中，我在游離森林裡，遍尋不著成的身影，只有高聳參天的森林樹木，與光隙交錯。迷霧朦朧，忽遠若近。不安與心傷佔據了我的身體，寒冷與孤獨包圍著我，夢中的此時，我深切地感受到什麼才是眞正的寂寞。

愛情，有時是對等的。
但大部分的時候，
付出較多愛的那一方，
往往都是輸家。

六　寒潮

第二天，我依然強打起精神到診所工作，畢竟現在東京有了兩家診所，員工人數也將近三十人，他們的生活仰賴這份薪水，且東京的診所都是使用父母創立的診所名號，我更應該要好好經營。某方面來說，我也不想讓別人說我只是個靠父母生存的千金小姐吧。但可能是昨晚幾乎沒睡，頭痛欲裂，且全身有些疲累無力。

好不容易結束了今天的工作，我帶著異常疲憊的身軀回到了家。而成早已在家中，他聽到我的開門聲，趕緊到玄關來迎接我。

「妳回來了。怎麼臉色這麼難看，不舒服嗎？」成問。

「嗯。」我只能有氣無力地回應。

成接過我的手提包時，我瞬間覺得天旋地轉，接著就什麼也不知道了。

「璃！」成叫了我的名字，在閉上雙眼前，只記得我倒在他的懷裡。

「惠，快叫救護車！」成喊著。

應該是很緊迫的對話，但我聽起來卻猶如深海裡傳來的聲音，相當模糊不清，接著就漸漸失去意識。

感覺經過了不知多久，我緩緩睜開雙眼。身體還有些虛弱，我看了看四周，應該是在醫院，而成坐在病床旁的沙發上。

「成……」我說，語氣還有點虛弱。

「璃……」成趕緊過來，緊緊握著我的手。

「我好像，昏倒了是嗎？」我問。

「對，醫生說應該是太過勞累。我想也有可能，再加上前晚的事……」成有些愧疚地說。

我嘆了一口氣，然後緊握著成的手，兩個人沒有再多說什麼。

「我好累，還想再睡一下。」我說。

「好，妳的確是需要多休息。睡吧，別擔心，我會陪妳，哪裡都不去。」成體貼地說。

閉上雙眼後，我又再度沉沉睡去。

出院後，我在家中休息一星期。而成也請了幾天假陪我，雖然有時他仍須在家中一邊處理公務，但也可一邊陪伴著我。時光彷彿又回到我們婚前，兩人一起同居的時候。沒有束縛也沒有壓力，只有單純的，兩人的相處時光。

白天，天氣好時，我在客廳的沙發打盹，而成就坐在我身旁讓我倚著。而早上我睡得晚一點，成就將早餐置於餐盤上，再拿到房間，讓我舒適地在床上用餐。夜深人靜，他則會溫柔地將我擁入懷中，輕輕地吻了我後，讓我安心地入睡。

我又再次感受到幸福，與全然的，成所給我的，愛。

已不想再追究什麼，深怕就像要再度掀開傷口一般地疼痛，我暫時選擇視而不見。雖然依舊是在意，但我相信，我的成還是會再度回到我的身邊。

但我不知道的，是成依然與澤還保持著聯繫。

「你太太還好嗎？」澤在電話另一邊問。

「休息這一陣子，好多了。」成說。

「她，知道我們的事了嗎？」澤問。

「還不知道。」成說。

「好幾天沒見了，有點想你。」澤說。

「我也是。」成說。

「下週吧，我們再找時間見面，好嗎？」成接著問。

「好。」澤說。

夜深人靜，成獨自到陽台的椅子上坐著，視線拋向遠方，思緒卻回到過往。

他想起大學時期，父親因爲意外往故後，某天深夜，父親的另一個「她」出現在家門口，胸前揹著一個熟睡的嬰兒。

「妳好，非常唐突的打擾你們，我是澪。」她說。

「有什麼事？」母親問。

「這是我與他的孩子。」澪說。

成的母親似乎了解，眼前的這位澪小姐應該是丈夫在外的，另一個「她」。母親的心中，憤怒與悲傷頓時共存而生。看著眼前的澪，應該是25歲左右的年紀，比自己的兒子成只大上幾歲，懷中的嬰兒應該只有三到四個月大，是個男寶寶。

在母親病重時，她才與成娓娓道來：「我必須克制自己的情緒，眼前的她畢竟也只是另一個無助的女人。」

母親讓她進了門，到父親靈前捻香。澪的身材嬌小纖細，長相也並不特出，一頭及肩的短髮，看起來就像剛畢業的學生。在懷中的寶寶咿呀地哭了起來，母親領了她到房間，讓澪爲寶寶換了尿布，以及哺餵寶寶，交談中知道澪原本是一位護理師。

「今後，妳有什麼打算？」母親問了她。

「我還是會回到我的職場工作，然後努力把他撫養長大吧。」澪說。

兩人沒有再繼續任何交談。她走出房間，依然節制堅強，不發一語。幾週後，處理完家中的債務，她約了澪再到家裡一趟。

澪背著寶寶再次來到了成的家中，懷中的寶寶一雙晶亮的雙眼沽溜打轉，也十分愛笑。

「我知道，您對我應該帶著怨恨吧。」澪說。

「人都走了，說這些也沒有用了，不是嗎？」母親用平淡的語氣說著。

接著，她拿出一個信封袋，遞給了澪：「我只有一個要求，就是這個家，就只有成一個孩子。這筆錢，就當是他給你最後的照顧吧。」

「我不能收，我不是因爲要錢才來這裡的。」澪把信封袋推了回去。

「收下吧，他已經走了，無法再幫妳什麼。就算不是爲了自己，也必須爲了孩子打算吧。以後的路，還很長。」母親把信封再次遞給了澪。

成回想起這一幕，或許，他一輩子都不能體會當時母親是怎樣的心情。但如今，他卻也和父親走上相同的路。他告訴自己，一旦都不會有事的，所有的事情都將會在他的掌控之中。

澤早就將自己的住所搬到成的住家附近，兩人可以有更多的時間相處。一星期至少會有一天的晚上，也就是澤沒到店內的時候。成也會在那天準時下班，但並不是馬上回家，而是到澤的住所。

「上次，我們大樓的鄰居說看到我們一起在外面用餐。」成在澤家吃晚餐時，一邊很平淡的說著。

「眞的？那……你怎麼說？」澤有些緊張地問。

成伸出手握著澤的手，安慰地說：「放心，兩個朋友吃飯聊天有什麼好擔心的。」

「我們是不是要更小心一點？」澤問。

「別擔心，就算是璃看到，我也會介紹你是我認識多年的老朋友，因爲你也住附近，所以偶而吃飯小酌，都是很正常的事。」成十分有把握地說著。

「那就好，我也不想遮遮掩掩地與你在一起。」澤露出微笑說著。

愛得越深，要得更多。成與澤在不知不覺之間，開始已經到了難分難捨的地步。雖然成還是儘量克制自己的理智，也深知自己對璃依然還帶著承諾與依戀，但他也漸漸地覺得自己不能沒有澤……。

自從上次昏倒之後，我開始減少了在診所工作的時間。慢慢地將一些事務交由診所的主管們處理，不再事事緊握在手。

「你回來了。」聽見成的開門聲，我到玄關迎接他。

「我回來了，妳今天比較早？」成問。

「我調整了工作方式，以後都會儘量早一點回來。」我微笑著說。

成或許也知道我的言外之意。

「這樣也好，看妳之前這麼辛苦，我也很捨不得。」成也試著微笑地說。

兩人在餐桌前默默地吃了晚餐，沒有太多的對話，也沒有爭吵。就這樣很平靜地用完晚餐。

「成，明天是週末，你也不用上班，可以陪我去附近散步一下好嗎？好久沒有一起走走了。」我說。

「好啊。」成說。

我穿上白色長袖薄T恤，九分深藍色牛仔褲，搭配一件灰色寬鬆厚針織外套，帶了一個輕便休閒的小提包，套上一雙白色帆布鞋，紮起高馬尾，站在玄關等著成。而成也穿上淺卡其色休閒長褲，深藍短袖T恤，再穿上一件飛行夾克，走了過來。然後牽著我的手，兩人一起搭電梯下樓。

真的好久沒有和成一起這樣悠閒地散步，好幾年了吧。成雖然和我十指緊扣地一起慢慢走著，但我們依舊沒有什麼對話。這些年，似乎可以聊的話題也在不知不覺中，減少了許多。面對我的笑容，也像是鑲綴在空氣中的圖像，似乎隨時都會煙消雲散。

深夜，就算成在我身邊，我卻依然感覺到，成的心，有一部分早已不知去往何處。就算如此，我沒有太多的奢望，我只要你待在我身邊就好，好嗎？成。

但就在幾星期後的時間，成又再度徹夜未歸。

「您撥的電話未開機……」我試撥了幾次，成的手機早已關機。

流著淚的我，一個人站在落地窗前，空洞地望著窗外廣闊的美麗夜景。果然，還是去「那個人」的家中過夜了嗎？這樣的情形將成爲常態嗎？深刻的無助感，以及充滿對「對方」的怨懟，這是我心中從未出現過的情緒。

原來，這才是眞實的人生。而之前的美好幸福，只是幻夢的一部分罷了。

隔天工作結束後，我沒有直接回去家裡，而是到了原的店裡。

「璃，好久不見。」原笑著迎接我。

「是啊，好久沒來你的店裡。」我說，有點無精打采地。

「最近有些新菜色，要品嚐看看嗎？」原問。

「好，請幫我將餐點的分量減少一些。另外，請給我一杯 Gin Tonic，謝謝。」

「一切都還好嗎？」一向只喝紅酒或白酒佐餐的我，今天卻罕見地點了調酒。原似乎察覺到有些異樣。

「嗯，還好。」我勉強微笑地回答。

擺盤的色彩鮮豔，且香氣撲鼻的餐點上桌，但此時的我卻食之無味。

遠遠地，原在吧檯內看到有些失魂落魄的璃。心中雖然覺得有些不忍，但想起知佳所說的，他沒有任何立場與身分去干涉璃，尤其這是關於璃她們夫妻的事，更非是他可以插手的。可是一想到他之前看到成與另一個「他」相處的樣子，原又替璃感到不平，這麼完美的她不應受到如此的對待。

用完餐後，我叫車回家。也不知怎的，今天就想提前下車，想要自己散散步。但接下來的一幕，讓有些微醺的我，完全清醒。不，應該是讓心中依然甘願被欺瞞的自我，不得不清醒。

前方的身影，是我再熟悉不過的成。但他身旁有另一個與他身形差不多的男人，兩人在昏暗的街道上十指相扣地走著。

原來，對方並不是「她」，而是「他」。

我感到有些昏眩。我與成的婚姻終究是場騙局？一想到成與我相處過的每一刻，我感到有些……骯髒？成，你怎麼可以這麼對待我？太多的疑問在我的心中盤旋，憤怒油然而生，我忍不住向前走去。

「成。」遠遠地我喊了成的名字。我所受過的教養，告訴我必須理性與克制，但我的雙手依然不自覺地微微顫抖著。

成聽到似乎是我的聲音，趕緊放開澤的手。他回頭一看，果然是我。

「璃……妳怎麼在這裡？」看得出成非常訝異，但依然故作鎮定的表情。

「偶爾，我也想走走，畢竟家中也只有我一個人。」我冷靜地說。

「這位是內人，璃。」成向身旁的澤介紹。

「妳好，久仰您的大名。成，你有一位這麼美麗大方的賢內助，眞是讓人羨慕。」就像在自己的店內一般，澤也用客套的話術回應。

「這位是我認識多年的老朋友，澤。」成向我介紹身旁的「他」。

我打量了一下這位澤先生，身高與成差不多，長相俊秀斯文，說話的方式雖然謙和有理，卻依舊讓我感到十分不適。

「您好，我從沒聽成介紹過你。」我有些冷淡地回應。

「有點晚了，我先回去了，改天有空大家再一起出來吃飯認識一下。」可能察覺到氣氛已經不太對勁，澤趕緊打了圓場，至少讓成與自己有台階可下。

「也是。璃，我們回去吧。」成轉身要摟著我的肩時，我下意識地輕輕躲開。

一路上，我不發一語，成也默默地在我身旁走著。一時之間太多的情緒，太多的訊息湧入，我感到思緒有些混亂，已不知該用什麼方式面對成。

回到家中，我用平靜的語氣對成說：「成，對不起，可以請你今天睡另一個房間嗎？請你體諒我的心情，我想稍微靜一靜，謝謝。」

看得出來成有些錯愕的神情，但他也了解，對我來說親眼看到了不應該看到的事實，這份衝擊該有多大。

「璃……」成想對我說些什麼，但口條一向流暢無比的他，竟也會有語塞的時候。

「我都看到了，剛剛在路上，我已經走在你們後面一陣子，什麼都看得清清楚楚的。是他嗎？你這幾次沒有回來的原因就是他嗎？」我試著語氣冷靜地問他。

成沒有任何回應，只是靜靜地坐在沙發上。沉默，也代表了一切的答案。

「早點休息吧，我也累了。」我說。走回房間後，將房間門輕輕關上。

之後的幾週，我們也都是分房而眠。有時，半夜裡，我會悄悄地到客房看看成。雖然有些不忍心讓他睡在客房，但我的思緒還沒恢復平靜，我也還沒準備好再次面對成。種種情形之下，或許目前這樣的方式，才能讓我們的關係繼續下去。

「璃，我們可以談談嗎？」有一天，成問了我。

「要談什麼？」我說。

「因爲我依然愛著妳，璃，我不想再隱瞞妳了。是的，我這幾次沒有回家的理由，就是因爲澤，對不起。他曾在我人生最低潮的時候，給了我很大的支持和幫助，可能是因爲這樣，才會與他有了另一種感情。」成用誠懇且簡短扼要的方式對我說。

「很抱歉我傷害了妳，但我不想與妳分開，可以請妳再給我一次機會好嗎？」成溫柔地握著我的手說著。

「但澤，也必須同時存在。」成接著說。

成一向是個爲了要達到他的目標，就會不擇手段的一個人。以前曾聽過銀行的前輩說過，我也只是半信半疑。而現在，我終於體會到了，眼前的成，才是最接近他本性的時候。

「你怎麼可以對我提出這樣的要求？夫妻間本來就不應該再有第三人的出現，現在不但出現了，你竟然還要我默認他的存在？你怎麼可以……」很少大聲說話的我，也忍不住用嚴厲的語氣說著，但之後我也哽咽了起來。

「你愛他嗎？」我邊流著淚問。

成沒有回應。

「回答我的問題，你愛他嗎？」我再次問了成。

「**你們**都是我深愛的人。」成終於回答我的問題。

我無助地看著成，開始哭泣。他伸出雙手抱著我，我雖然極力想推開他，但他仍然緊緊地抱著我，不肯鬆手。我無力地靠在他的胸口，放聲哭泣。這陣子以來，我極力壓抑著自己的情緒，直到此刻才全然釋放。

「對不起。」成邊擁著我邊以充滿愧疚的語氣說著。

不知哭了多久，我終於冷靜下來。我用依然帶著淚水的雙眼，抬起頭看著我依舊深愛的丈夫，他的眼神也是充滿不捨。我踮起腳尖吻了成，而成也忍不住深深地吻了我。他牽著我的手一起走回我們的房間，成急迫地想要再次擁有我的一切，他有些狂亂地吻著我，而我也毫無保留地，深情回應著他。在迷濛的每個瞬間，成在我耳邊的氣息，以及我所感受到的他的體溫，我告訴自己，**就讓我爲了愛，縱使前方已是深不見底的深淵，我也將毫不猶豫地再次選擇，墜入。**

成，請別放手，也請別再多說什麼，我只要你就像此時此刻，緊緊地擁著我，就好像我依然還是你的唯一……

這天之後，成不會主動提起澤的事，而我似乎也開始默許了這一切，日子彷彿又恢復了往日平靜。因爲我害怕，我害怕失去成。依目前的現狀，我或許還能擁有**一部分**的成，所以我也只能繼續默不做聲地，日復一日走下去。

「璃。」成接近傍晚時，撥了電話給我。

「成。」我說。

「今天，我沒有要回去。」成在電話的另一邊簡短地說，也或許他也不知該如何說明較好。

「嗯。」我淡淡地回應。

回到家中，我對正在收拾廚房的惠說：「惠，今天成不會回來了，晚餐妳可以再多帶點回去沒關係。」

惠已經了解到，這是怎麼一回事。她似乎也察覺到，我打算要繼續默許這種情形。

「璃小姐，最近看您吃得一天比一天少。我雖然不能說什麼，但是請您至少要把自己照顧好，如果連健康都失去，那就太不值得了。」惠說。

聽完她說的這段話，我的眼淚又不聽使喚地流了下來，惠趕緊遞上面紙。她輕輕地握了握我的手，沒有再說什麼，但彷彿告訴我，自己必須要堅強，不能被擊垮，尤其是被這樣的第三者。

我也請惠將成的衣物收拾到客房，因爲在這樣的情形下，我已難以再與成同床而眠。

「成，客房都幫你準備好了，暫時，我們也只能這樣了。」我說。

「璃……」成有些無奈地想和我說些什麼，但我也已無心傾聽。

「對了，那位澤先生，他是做什麼的？」我問。

「……」成臉色有點鐵青，不知如何回應。

「沒關係，等你想說再告訴我。」我說著並轉身要回房間。

「他在銀座經營一間男公關店。」成放低音量說。

背對著成的我，聽到他的回答，幾乎無法相信我所聽到的。男公關店？所以成是如何認識這樣一位有複雜背景的人？難道成還有瞞著我其他事情？我已經不敢再繼續往下想。

此時的我已無法回應任何字句。只能抬起沉重的腳步，緩步往房間移動。而成，也只能繼續回到在這個熟悉的家中，另一個陌生的空間。

這天，我到了原的店裡。並不是要用餐，只是想找個人說說話。畢竟我與成的事，對誰都很難說明吧。

坐在吧檯前，好多想說的話卻又不知該從何說起。

「璃，最近幾次看妳心情都不是很好，是不是有什麼事心煩？」原謹慎地問著，他的心中十分擔心是否璃已經知道成的事。

「最近，發生好多事……」我淡淡地說。

「果然，璃應該知道了什麼。」原的心中想著。

「或許我不能幫妳什麼，但說出來是否較爲舒坦些？」原問。

「成，有了另一個他。」我說。

「他要與我繼續維持這段婚姻，然後也要我接受那個人的存在。」我接著說。就好像在敍述某段連續劇的劇情一般，我用平鋪直述，毫無感情的語氣說著。心碎到了某一個階段，是否就已開始麻木？

「璃，妳沒有做錯任何事情，千萬不能自責也不要貶低妳自己。」原用認眞的語氣對我說著。

「錯的是成與另一個人。」原接著說。

看到璃落寞的眼神，原心中對於成的作爲瞬間感到怒不可遏。如果幾年前，他再勇敢一些，將璃從成的手中追回來，今天的璃或許是充滿幸福笑容的女人。眼前的璃，依舊美麗如昔，從容優雅的外表，依然氣質出衆。但帶著一雙傷心失落的眼神，眞的讓原心疼不已。

我將杯中的紅酒喝完後，並沒有留下來吃晚餐，隨即搭車離去。

而在璃離開店內不久，原也將店內的事務交代給幾位員工後，先離開店內。他開車回到住家的停車場後，看著成的車位還是空著的。所以他決定繼續等待，等待成回來的那一刻。

晚間八點多，成回到住家，他將車停好後下了車。

「成！」原喊了他。

「是你。」成回頭看並說著。

「什麼事？」成接著問。

「你到底算什麼男人！這樣對待你的妻子！」原帶著憤怒的語氣問著。

「不關你的事，我不是和你說過離我的璃遠一點！」成也用不客氣的語氣回應。

「那就好好地對待她！」原走過去拽著成的衣領說著。

「你憑什麼這麼關心她！難不成你和璃也有什麼嗎！」成也不甘示弱地揪著原的衣領。

聽見成這麼說，原實在忍無可忍，直覺地緊握拳頭向前揮去，給了成重重的一拳，而成跌坐在地上，嘴角有些滲血。

「不是每個人都和你一樣，成。」原冷冷地說，然後轉身上樓。

回到家中，一開門，惠被有些狼狽的成嚇了一跳。

「成先生，您先坐著，我去拿醫藥箱！」惠說著，然後趕緊去拿冰敷袋和醫藥箱。

聽見惠有些慌忙的腳步聲，我也從房內走出來。看到成的嘴角滲著血，臉頰紅腫，衣服有些凌亂，我趕忙向前走去。

「成，怎麼會這樣？你受傷了。」我趕緊將惠拿來的冰袋包上毛巾，輕輕地爲成冰敷紅腫的臉頰，一邊問著他。

「要去醫院檢查一下嗎？」我有點擔心地繼續問。

「我沒事。」成接過我手上的冰袋說著。

成縱然了解，今天原會這麼做，應該是璃去和原說了什麼。但他也深知，所有混亂的起源都是因爲他自己引起的，所以他也忍了下來，什麼都不能也不想再說。

「我自己來就好，沒關係。」成接著說，然後繼續冰敷著已經紅腫的臉頰。

「是誰這麼做的？」我坐在成身旁，一邊拿著紗布拭去他嘴角的血跡邊問著。

「是認識的人，但算了，今天這樣就算扯平了。」可能是十分疼痛，成只能小聲地說，但依舊眉頭都不皺一下。

「璃，眞的沒關係，我自己處理就好。」成站起身，拿著手上的冰袋和醫藥箱，慢慢地走回客房。

看著成的背影，一向重視人際關係的成，竟然也會有人對他揮拳相向，我突然覺得眼前的一切都變得好陌生。這個家，是否還是原來的那個家？成，你何時才會回復成原來的你？

悄然流動於你我之間，
心碎的集結，盤旋所有慾念。
墜落無限深淵，
依舊，無力挽回。

七 風吹雪

時序已進入冬季。東京很少下這麼大的雪，但今年的冬天特別寒冷，從昨晚開始就已降下今年的第一場大雪。

我穿上深酒紅色的高領喀什米爾毛衣，以及輕暖合身的黑色羊毛緊身長褲，披上一件淺灰色羊毛披肩，推開陽台的門，想看看雪白一片的東京街景。冰凍般的冷風迎面而來，讓我不禁想起在札幌的實家。許多住家的屋頂以及道路兩旁都還有著積雪，行人們小心翼翼地行走著，因爲融雪的路面相當溼滑。

回到屋內，走回餐桌前。今天惠準備的是西式早餐，有酪梨生菜沙拉、法式吐司以及現磨的手沖咖啡。成也已經穿好襯衫及成套的西裝背心和西裝褲，邊用餐邊看著晨間新聞播報。

「早安。」我微笑說。

「早安。」成也微笑著說。

大約半年的時間過去了，名義上我們依然是夫婦，但擁有各自的生活空間，偶爾成要去澤家過夜時，依舊會先撥電話給我，要我不用等門。成似乎已經習慣這樣的生活方式，但怎樣都不能釋懷的我，再也無法與成有親密關係。

週間的工作時間，我正在診所內的辦公室，櫃檯人員羽撥了內線給我。

「理事不好意思，櫃檯有位澤先生表示要找您。」羽說。

「好，請他進來。」我說。

一會兒，澤已經在我的辦公室。身穿一襲名牌西裝，有著濃厚的香水味。

「妳好，璃小姐。」澤還是很有禮貌地向我打了招呼。

「你好。今天親自來這裡是有什麼事嗎？」我也維持著我該有的氣度回應。

「有些事想和妳談談，在這裡方便嗎？」澤問。

「沒什麼不方便的，你說吧。」我說。

這時，羽端了兩杯熱茶進來。我與澤兩人暫時也停止了對話，在羽已經確定離開我的辦公室，且已經將門帶上後，對話才又繼續。

「我知道，我的出現影響了妳和成的之間的感情，我非常能夠了解妳的心情。但，璃小姐，我希望妳知道，成與我的感情不是輕易就可拆散的。」澤緩緩地說著。

「非常多年之前，成還在唸大學時我就已認識他，那時成的家中發生一些變故，他的人生大受影響。我在那時認識了他，幫助、照顧他渡過那時期的難關，讓他走出那時的人生低潮。」澤接著說。

澤所說的這些事，我從沒聽成提起過，從來沒有。

「看著他有時爲了妳的事難過，我也十分不忍。璃小姐妳美貌天生，麗質冠群，年紀也還算輕，不用再執著於成一個人，機會還有很多，不是嗎？請妳高抬貴手，將成讓給我吧。」澤繼續說著。

澤的一字一句都深深地刺進我的內心。原來，他是來立威，並且希望我能夠與成離婚，這樣他就能與成光明正大地在一起。

「澤先生，我欣賞你的勇氣。但你可能沒弄清楚情況，就算我與成離了婚，目前爲止你也不能夠與成有合法的夫妻關係，不是嗎？況且以成現在的社經地位，有時也需要配偶出席一些場合，你確定，你可以嗎？」我也直接了當地，反擊回去。

澤的臉色有些不悅，但既然是談判，本來就有進有退。外表柔弱的我，內心可不是一碰就碎的瓷娃娃。特別是成的事，我是絕對不會讓步的。

「不好意思，時間也差不多了，我還要準備開店的事，下次再聊吧。」澤說。

「好的，因爲我也還在忙，就不送了。」我說，邊撥了內線，請羽送澤去搭乘電梯。

對於澤來診所內找我的事，我並沒有和成提起。不過最近成與我的關係，似乎比之前好一些。他也好一陣子，沒有在外面過夜了。

「璃，我知道你很喜歡這家店的甜點，今天陪部屬到這間店的附近拜訪後，專程繞過去爲妳買的。」成晚餐時，拿出一個甜點提袋。打開一看，是我最喜歡的水果千層派。

「謝謝你。」我開心地說。

「一起吃吧？」我接著問。

「好啊。」成也微笑著說。

我拿了兩隻叉子，兩人靜靜地一起分享這塊蛋糕。之前所發生的那些事情，暫時煙消雲散，彷彿從不曾存在。

「這一陣子，對不起。」成對著我說。

「我無理地要妳接受我的要求。」成接著說。

「我一直在等著你，我想，你應該也知道。」我淡淡地說著。

成握著我的手，但他沒有再回應什麼。

這天，又到了原與知佳、大森、廣野的聚會時間。四個人從大學至今也有十多年的交情，聊起天來格外輕鬆。

「原，上次沒來眞不像你。」大森說。

「剛好有點事要處理嘛，今天想吃什麼全都店內招待。」原說。

「好，那我們就不客氣啦，全部都來一點吧！」廣野說。

四人輕鬆地天南地北的閒聊。

聚會後，知佳找了藉口留下來，她似乎有些事要單獨與原說。

「你知道大森所待的那間外商銀行嗎？我最近因工作關係採訪他們的會長，工作完成後和大森一起午餐時，大森說他學弟的姊姊也在銀行上班，但似乎遇到職權騷擾的事情，相當困擾。後來再進一步了解，學弟的姊姊好像是因爲看到了他們支店長的一些私事，所以被特別關照，大森還直接和我說了是哪間銀行的哪間分行。」知佳說。

「大森似乎很替她打抱不平，要她蒐集證據後向金融廳檢舉，但他們因爲家庭因素很需要這份工作，所以說只想要申請調分行就好。」知佳接著說。

而當知佳告訴原是哪間銀行時，原直覺應該與成有關。

「原，有沒有可能是璃小姐她先生的那間分行？因爲『看見支店長的私事』而且是在銀行內，這個機率也不大。總覺得和你所說的是同一個人。」知佳問。

「我並不知道成他在哪間分行，只希望璃能夠開心地過日子。假設我們說的是同一個人，我相信就算成受到什麼樣的懲戒，璃的心中應該也開心不起來吧。」原說。

「也是。只是想不到爲了一個第三者，可以擾亂了這麼多人的生活，包括你，原。」知佳說。

打烊後已近深夜，回到住家在一樓大廳遇見了璃。她一身休閒輕便，但眼眶略紅。

「璃，怎麼了？妳……在哭？」原有點擔心地問。

「我不知該怎麼說……」我有些哽咽的聲音說著。

「沒關係，想說就說出來，我想我應該可以理解。」原安慰我地說著。

「先上樓吧，在這裡好像不太適合。」我說。

兩人走進家中，我讓原坐在沙發另一邊，而我遠遠地坐在原的對面。

「成偶爾會到那『那個人』的家過夜，今天也是。我一個人在家有些心煩，所以就到附近散步，沒想到，我看了他們。」我慢慢地說。

「我看到成與澤有說有笑地一起走著，然後一起走進附近的一間公寓。原來那個人的住所離我家這麼近……」我已無法再開口，只剩下滑落的淚水。

兩人相視無言，看著璃的無助與心碎，原的心中滿是心疼。

沒想到，此時竟然家中的大門打開了。成，他回來了。他一臉驚訝地看著客廳中的我和原。靜止不動的三人，就有如定格的畫面一般。

「你在我家做什麼？」成帶著相當憤怒的語氣問著。

「只是和璃聊一下。」原說。

「璃，妳和原也太大膽了吧，趁我不在就可以讓這傢伙趁隙而入嗎？就這麼無法忍受寂寞嗎？」成開始對我咆哮。

「成，你說得太過分了，我和璃根本什麼事都沒有，只是說說話而已！」原也十分不悅地說著。

「出去，滾出我家，別讓我再看見你出現在這裡！」成對原說著。

「是我邀他來家裡的。」我對成說。

「我只想找人說說話而已，沒有別的意思。」我繼續說。

氣憤到頂點的成，邊走向我邊突然舉起手，眼看就要給我一個耳光，我害怕地閉上雙眼，但並不打算閃躲。

「夠了！」原抓住成的手說著。

「我現在就走，不關璃的事。」原甩開成的手後，打開大門離開。

在原離開家裡之後，成帶著怒氣問：「妳和原是那樣的關係嗎？」

「什麼關係？我和他什麼事情都沒有。」我說。

「不是你和澤那樣的關係。」我接著冷冷地說。

這句話實實在在地惹怒了成。或許，是因爲我將他們的關係直接了當地說出，也或許，成自覺我就是應該當一個無聲的妻子，再或許，成以爲我背叛了他。

成抓住我的手腕，拉著我走向房間內，然後粗魯地壓著我，我想要掙脫他的壓制，卻無法做到。身體的疼痛襲來，悲傷與失望的淚水不斷地流下。我感受到他身體的慾望，也感受到他的怒氣，正確的來說，是因爲嫉妒而生的憤怒。

「記得妳依然是我的妻子，謹守一個身爲妻子的本分，是妳應該要做的！」成在我耳邊低聲說著。

然後他起身往外走去。大門關上的聲音，似乎也將我的心門關起。爲什麼我摯愛的成，會成爲這個模樣？暫時無法起身的我，只能在床上側著頭望向窗外，夜晚的狂風吹亂了漫天大雪，我的手、我的身體、我的心，痛楚已不足以形容我現在的感受，無聲的淚不斷地滑落臉龐。我依然深愛著你，包容你所有無理的要求甚至背叛。但，成，爲什麼，你卻變的如此冰冷陌生？

相對於璃，澤更是用盡心機要討好成。他爲成介紹了相當多客戶，對於擁有廣大人脈的澤來說，這不是件難事。在努力討好成的同時，澤對於璃的存在相當耿耿於懷。

「既然妳對璃也已沒有什麼感情，她也做出上次那樣令你生氣的事。是不是，該處理一下這個問題？」澤對著成問。

「我與璃之間的事，我自己會處理。」成只淡淡地回了這句。

知道成對璃還有著依戀，澤打算用些較爲強烈的手段，爲了要讓成完全地屬於他。

「理事不好意思，上次的那位澤先生在櫃檯，他表示有事要找您，請問您現在方便嗎？」櫃檯的羽撥了內線給璃。

「……妳請他進來吧。」我有點無奈地說。

一會兒之後，那股有些過於濃厚的香水味飄了過來，我知道澤已經在門口。

「妳好，璃小姐。」澤一樣地看似有禮地和我打了招呼。

「澤先生，請問有什麼事嗎？」我也一樣用平靜的語氣問著。

「上次，成回來時發了好大的脾氣。我問了他才知道，他說妳帶一個男的朋友回家……」澤說。

「那次的事情，我已經和成說過了，我不必再和你說明什麼。」我有點不耐地說。

「我知道，成有時會到我那裡陪我，妳一個人應該也很寂寞。既然這樣，那就和成簽字吧，做個了結妳也可恢復自由呀。這麼做對你們兩人都好，不是嗎？」澤繼續說個不停。

「澤先生，我是不會簽字的，況且成從未和我提起過這件事，請別再浪費時間了。」我說。

但今天的澤是有備而來，他要讓璃知難而退。

「妳不好奇成到底發生過什麼？」澤問。

我並沒有回答，心中直覺接下來絕不是我想要知道的答案。

「我和成，曾在同一家男公關店工作過。那時他才大三，一個人在東京生活，沒有任何家人，父母也都已過往。憑著每天打三份工，要付學費又要付房租，常常有一餐沒一餐的，直到後來我介紹他到店裡工作，還讓成住到我的家中供他吃住，生活才獲得改善。」澤說。

男公關？成？我的腦袋一片空白，成從來沒對我說過這些往事。如果是這樣的往事，相信成也不會想讓我知道，而我也寧願不知情。

「成應該沒和你說過吧？也是，這樣的過往，不是每個人都想提起。」澤說完，端起桌上的熱茶喝著。

「早些了斷吧，讓自己的身心恢復自由。妳也希望成擁有幸福吧？」澤說。

聽完澤的這一番話，我開始感到有些昏眩及噁心。

「我等下還有事要忙，可以請你回去嗎？我就不送了。」我感到身體開始有些不適，匆匆地想要結束這段對話。

澤離開之後，剛才一番似是而非的言論，我需要點時間讓自己調整思緒，我也需要空間……因爲我感到呼吸有些困難，而且胸口異常疼痛。趕緊按下話機的內線想請人幫忙，但卻已無法說話，因爲眩暈的黑暗再次襲擊著我，接著就已不省人事。

輕輕張開雙眼，環視四周，我知道應該是在醫院。病房內除了我，空無一人。此時，病房門被拉開，成走了進來，他看到我正想坐起，但因爲還是感到頭暈所以有氣無力地扶著床邊的圍欄。

「先別起來，我扶妳。」成邊說著邊趕緊放下手中的公事包走了過來。

他輕摟著我讓我慢慢坐起，將枕頭墊在我的背後調整好，讓我可以舒適地靠坐著。接著他溫柔地握著我的手：「診所的人打給我時，我好擔心。現在覺得怎麼樣？」

眼前的成溫柔又體貼，眼神中盡是擔憂與不捨。相較於那天晚上，對我幾乎是粗暴相向的他，判若兩人。

「今天，澤來找過我。」我有些虛弱地說。

「他對我說了一些事。成，是你要他來提離婚的事嗎？」我試著平靜地問。

「我從來沒想過這件事，澤對妳說這些？」成有點訝異地問。

「嗯，已經不是第一次了，之前他也來找過我，說的也是同樣的事。但我相信這不是你的本意，所以沒和你提起。」我淡淡地說。

「今天可能剛好我有點身體不舒服，聽了他的一番話之後，我就……」我接著說。

但對於澤所說的，成的過往，我打算不想再過問。畢竟，沒有人是生來就完美無瑕。

成聽了之後緊握我的手，我依舊虛弱地握著他的手，兩人沒有再說什麼。我能感受到成的心中有些愧疚，因為冷落我，甚至還差點對我動手。但我依然還是打從內心相信著他，直到自己的身體已承受不住這樣的壓力，才出了些狀況。

因為已不是第一次突然昏倒，主治醫師要我留院做些檢查。成幾乎每天下班後就來醫院陪伴我，直到晚間八點陪病家屬必須離開醫院的時間到了，才依依不捨地回去。幾天後我出院回家休養，成幾乎沒有再去澤家過夜，他也推掉許多應酬，下班後就會回家陪伴、照顧我。一方面，成相當擔心我的身體，另一方面，他似乎對澤這幾次私底下來找我的事相當不悅。

「你去找過璃？」成撥了電話問澤。

「對，怎麼了？」澤說。

「你上次去診所找過璃之後她昏倒了，那天你和她說了什麼？」成雖然十分不悅，但仍儘量以克制、冷靜的語氣問著。

「……」澤一時也不知該如何回答。

「她還好嗎？」澤問。

「不要再去打擾她，有什麼事對我說就好。」成說完隨即掛上電話。

澤雖然感到有些挫敗，結果不但不如預期，反而讓成回到璃的身旁。但他有充分的理由相信，成終究還是會回到他的身邊。這些年，澤在成的工作上已經提供他相當多資源，他也深知成的所有往事，那些不能提起且不堪回首的往事。與成有著相同的個性，爲達目的會不擇手段的他，有著深層的另一面，這是連成都未曾了解的一面。

晚間六點多，分行內幾乎大部分的人都已下班，但里美找了一個藉口留得較晚，沒有和其他的同事們一起離開。

「支店長，您現在有空嗎？我有事想找您。」里美站在成的辦公室門口問著。

「可以，請進，門不用關。」成說。

里美有些戰戰競競地走到成的辦公桌前，她頭低低地說著：「支店長，我，我想要請調其他分行。」

成知道她可能是因爲先前的事承受了許多壓力，會想要換分行也是正常的。

「這樣啊？原因是什麼？」身爲主管的成還是要了解理由。

沒想到里美突然跪了下來，眼眶泛紅說著：「支店長，我沒辦法再這樣繼續下去，澤先生的錢我從來都不敢收，那天的事我也絕不會說出去，拜託您同意讓我調離這裡！」

看到年紀輕輕的里美如此低聲下氣地懇求著他，成彷彿看到大學時的自己，也曾在打工時被同事欺侮、霸凌卻不敢吭聲，為的就只求一份溫飽。而現在，因為他的無理要求，卻讓另一個年輕人承受如此龐大的壓力，他的心中感到有些愧疚。

「我知道了，先起來吧。」成也站了起來，趕緊對里美說著。

成不但同意了她的請求，就像是為了要彌補自己的過錯一樣，她幫里美找了離她家較近，且先和該家分行的支店長推薦了她一番，說明她在分行內表現優異，但是因為家庭因素，工作之餘希望可減少通勤時間去照顧臥床的母親，之後讓她遵循了正常的請調方式轉調過去。

與澤的再次相遇，原本應該是件相當高興的事。澤就像自己能夠依靠的家人，一個可信賴的朋友，事業上也給予他許多支持。但成越來越發覺到，各方面自己似乎有些開始失衡。一直以來，成是個希望能掌控所有情況的人，工作、生活還有感情。可是澤的出現，開始變成一個不確定的因素，這個因素不斷地擾亂了他的四周。但也因為澤的關係而讓成了解到，他依然深愛著璃，且只愛著璃一個人。

「成，最近好嗎？」澤撥了電話問。

「還不錯，你呢？」成刻意關心澤。

「我很好，只是很久沒看到你了……」澤有些落寞地說。

「對不起，最近工作比較忙，且經過上次的事之後，璃的身體出了些狀況，需要一些時間慢慢調養，我必須要照顧她。」成說。

「這樣啊……」澤看似關心地回應。

「先這樣吧，有空再聊。」成說。

掛上電話之後的成，心中開始有些擔憂。

因爲澤的出現而影響了我與成的關係，在這樣長期的壓力之下，我的心臟出了些問題，所以在情緒過度激動時，會出現胸痛與呼吸困難的情形。這天，成陪我一起回到醫院複診。

「目前的狀況還是先以藥物治療，但如果情況沒有改善，可能就需要開刀。除了藥物之外，壓力來源的調整也格外重要。」醫師說。

離開了醫院，成開著車問我：「要不要去散散步？」

「好啊，你想去哪？」我說。

「就去那裡吧。」成說。

我們一起去了光之丘公園，是一個在東京都內近郊佔地廣闊的公園。有著許多高聳的樹木，就像都市裡的林地，很適合放鬆走走。成貼心地一手幫我提著包包，再用另一隻厚實且溫暖的手牽著我，兩人慢慢地走著。冬日裡，雖然氣溫依舊寒冷，但寬闊湛藍的晴空讓我們兩人的心顯得格外舒爽。

「好久沒有這樣和你一起出來曬太陽了。」我開心地說。

「嗯，真的很久了。以後只要天氣不錯，我就陪妳出來走走。」成回答。

「對不起，璃。這陣子讓妳承受這麼多，還讓妳的身體出了狀況，我真是個不及格的丈夫。以後，我會繼續多陪陪妳好嗎？」成接著說。

看著成的雙眼，似乎，他又是原來那位我所認識的成。我和他兩人都有些紅了眼眶，雙手緊握著的我們不想再放開。想起這一陣子我所受到的委曲，無法訴說的苦楚，以及無數漫漫長夜的等待，成終於回心轉意了嗎？

幾天後，成對我說：「今天我要和澤見面，有些事我必須和他說清楚。」他的表情嚴肅且凝重，似乎已經打算好了什麼。

「嗯。」我雖有些擔心，但還是選擇相信成。

到了澤的住所，成按了門鈴。

「好久不見了，請進。」澤說。

進了屋內成熟悉地在沙發上坐下，澤也坐在他的身邊。兩人暫時都無話可說，視線也毫無交集。

「對不起。」成說。

「什麼意思？」澤問。

「……」

「所以……你又要離再次我而去，是嗎？」澤問。

「對不起，我必須麼做。畢竟，對璃我還有一份責任在。」成說。

看著成堅決的眼神，彷彿又看到當年考上銀行的他，是一模一樣的眼神，澤一直都忘不了。

「你走吧。」澤轉身說著。

看著澤的背影，成雖然感到有些不忍。但他必須這麼做，對璃不只是有一份身爲丈夫的責任，更重要的是與她的承諾。成起身，頭也不回地開門離去。

「呼之卽來，揮之則去。我可不是一隻可以被你隨意呼喚的狗！你是否遺忘失去一切是多痛苦、絕望，而且是令人難以承受的一件事？」澤流著淚想著，妒忌與恨意已不足以形容此時的澤，他晦暗的一面也已被悄悄喚醒。

日子彷彿又恢復了平靜。

清晨，看著還在熟睡的璃，成不想將她吵醒。輕輕地起床盥洗，到更衣間換上筆挺的襯衫和西裝褲後，準備走到餐廳用餐。

「早。」還在被窩裡的我帶著睡意說。

「早，怎麼不再多睡一點？」成坐在床邊問。

「想和你一起吃早餐嘛。」我有點撒嬌地說。

完妝後，我換上一件深鐵灰色的貼身洋裝戴上耳環後，走到餐廳。惠已經幫我們準備好早餐，成正一邊吃著，一邊看著晨間新聞的播報。坐下之後，成一直微笑看著我。

「怎麼了？」我也微笑問著。

他溫柔地握著我的手，說著：「今天晚上，我們一起出去吃飯好嗎？」

「惠，不好意思，今晚我們不回來吃飯了，下午事情忙完後就可以提前下班了。」成對惠說。

「好的。」惠也微笑地回應，她似乎也感受到璃和成又恢復到從前的樣子，心裡著實爲他們高興。

就像是回到剛結婚時的日子，甜蜜又溫馨，我們之間的芥蒂似乎也已煙消雲散。夫婦之間本來就存有許多考驗，雖然相當不容易，只要願意回頭與包容，還是可以繼續攜手向前。至少，我和成是這麼相信的。

晚餐後回到家中，才將大門關上，成馬上回頭緊擁著我，用他溫暖的雙唇覆著我，迫不及待地想要再次擁有我的一切。剛開始，已許久沒和成如此接近的我的確有些抗拒，但成依然溫柔地讓我卸下所有心防，我也忘情地吻著他，毫無顧忌地。成用他堅實的雙臂將我像公主般地抱起，走向我們的房間。我緊擁著成，看著他時而迷濛的神情，時而熱切的氣息回應裡，眞正再次感受到他只給我一人的，毫無保留的愛。

已是接近初春的冬末，但此時依舊寒冷。我與成不再被這些紛擾所動搖，經過了這

而在成的悉心呵護之下，我的身體也逐漸恢復健康。**時間或許是遺忘的解藥**。我與成對於澤的事再也沒有提起過，似乎也刻意將他淡忘。從成提出分手之後，澤再也未曾出現於成的眼前，甚至連電話和訊息都沒有。偶而成經過澤的住所，發現總是沒有燈光，原來他也早已搬走。

晚間，成將浴缸放滿溫度適中的熱水，點上幾盞我喜歡的精油蠟燭。浴缸裡，他溫柔地從背後環抱著我，而我也全然地將身體放鬆倚靠在他身上。在香氛的氣息與燭火搖曳的浪漫氛圍下，他輕輕地吻著我的頸項，我的耳際……

「今天我回診之後，醫生說我暫時可以停藥觀察一陣子。」我倚在他懷裡說。

「眞的，太好了，表示妳的身體好多了。」成說。

他繼續吻著我，邊輕輕地在我耳邊說：「那……是時候可以考慮再生一個孩子的事了？」

「嗯。」我有點羞澀地回應。

「生兩個好了。是男生就會像我一樣帥氣又聰明；如果是女兒，一定會和媽媽一樣美麗又聰穎。」成開心地說著。

「如果是三個，家裡就會更熱鬧，就像妳的實家一樣，這樣也不錯，孩子們小時有玩伴，長大可以互相扶持。嗯，那生三個好了。」成越說越開心。

「那，如果我身材走樣，皮膚鬆弛，你還會愛我嗎？」我有點調皮地問。

「當然會啊。」成毫不猶疑地說。

「這輩子，我只會愛妳一人。」成緊緊環抱著我，在我耳邊深情地說著。

透過浴室的大片玻璃窗可以看見深藍晴朗的夜空，無數的星星正璀璨閃耀著，就像我與成對未來的所有期待與憧憬。無論過往有多少險惡洶湧的浪濤，或是令人心傷的考驗，我與成都已在不知不覺中跨越。但我們都不知道的是，上天給的試煉，還沒結束……

這天我提早結束了工作，回到家梳洗完畢，因爲惠還在準備晚餐，我正在書房內處理診所的事務。此時，對講機響了起來。惠匆忙地要從廚房走去應答。

「沒關係，我來就好。」從書房走出的我說。

這個時段會來按門鈴的會有誰？包裹、信件一向都是由管理室代收，成自己也有帶鑰匙，就算忘了也可以撥手機給我，而今天也沒有約朋友到家中……雖然心中帶有種種的疑惑，但我還是向前走去。

一看到對講機的畫面，我有點訝異。

「你來做什麼？」我有點不客氣地問。

「對不起，可以讓我見成一面嗎？我有東西要還給他。」澤說。

「請你放在管理室就好，會有人代收，我再轉交給成。」我說。

「可是，這不是可以放在外面的東西，我必須要親自拿給他。」澤仍不放棄地說。

「……」

「這是有關於成私人的東西，很重要。」澤再次說。

「好吧，你上來吧。」我拗不過他，答應開門讓他上來。

撥了電話給樓下管理室，請管理人員幫澤刷卡上電梯。一會兒，門鈴響了，開門前我著實深呼吸了一口氣，畢竟在我與成的家，他不是個受歡迎的人物。

「妳好，璃小姐，好久不見妳依然亮麗動人。」感覺得出澤用他工作時的語氣對我說著，我聽了十分不舒服。

「請問是什麼東西一定要親自拿上來？」我問。

澤從提袋內拿出一個大型信封袋，說著：「這是很重要的內容，請讓我進屋內再說吧。」

我讓澤進了屋內，他也毫不客氣地向屋內走去，直接就往沙發上坐下。

「這些是要給成的，不過妳也可以先看看。」澤將手中的信封袋遞給了我。

我打開信封袋，看見裡面是許多的照片，心中真的有千萬個不願意，但我還是必須要確認到底是什麼東西這麼重要，非得要親自還給成。但一拿出照片，正如我猜想的一樣，而我也了解到澤是故意來激怒我的。

「我記得之前有和妳說過，我在成還是學生時就認識了他，我們也交往過一陣子。這些是我最近在整理屋子時找到的，既然成要與我互不相干，那我留著這些也沒什麼用了，只是增加傷感罷了。」澤滔滔不絕地說著。

「這些事都過去了，妳也別太在意。」澤故意繼續說著。

照片中，成青澀的臉龐但卻一樣帥氣。他和澤的這些照片，幾乎都是相當親密的照片，也有穿著不是他那個年紀應該穿著的合身西裝，這是……「男公關的工作」時拍的？我的胸口開始有些疼痛不舒服。

澤似乎看出我有些身體不適，趕緊找了藉口：「那就勞煩妳將這些還給成了，我先離開，不好意思打擾了。」然後自顧自地自己開了大門離去。

澤感到有一絲得意，今天他的目的已經達到，而且似乎還有更大的效果。

澤離開後，我感到胸口開始劇烈疼痛，已無法正常呼吸，瞬間倒臥在沙發上。惠走到客廳要收拾茶杯時，看到已經幾乎痛暈且已倒下的我。

「璃小姐！振作點，我去拿藥！」惠跑到我的房間內要拿藥。

而這個時候，成也剛好開門回來，他看見嘴唇發紫的我倒在沙發上，趕緊衝了過來：「璃！」

成急忙將我送醫急救。這次發作因爲相當嚴重，醫院緊急實行了手術，雖然不用切開胸骨，但仍是全身麻醉且長達數小時的大型手術。

不知過了多久，我帶著沉重的昏眩感醒來。感到側胸相當疼痛，且無法動彈，我輕輕轉頭看見一位穿著隔離衣帽和帶著口罩的人，從身高看來應該是成。只露出一雙有些眼眶泛紅的眼睛。

「這是哪裡？」我用微弱的語氣說著。

「這裡是加護病房，妳心臟剛開完刀，要在這裡先觀察幾天。」成彎下腰，握著我的手在我耳邊輕聲說著，他的眼眶再度泛紅。

「讓你擔心了……」我虛弱地說。

「妳沒有任何錯。」成難過地說。

「應該要說對不起的是我，是我讓妳要承受這些。」成接著說，眼淚也滴了下來。

這是我第一次看見成流淚，他流下了心疼又難過的眼淚。身爲一個男人因爲自己一時的過錯而傷害了自己深愛的妻子，成相當的自責。許多事情都必須要開始赤裸地面對，包括與澤分手之後，所有必須要收拾的殘局。

加護病房探病的時間只有半小時，我和成依依不捨地放開了手。因爲逐漸麻藥退去，傷口的疼痛逐漸加劇，可能是止痛藥與其他藥物的作用，我隨卽又昏沉地睡去，三天後我的情況已被允許轉至普通病房。傷口好轉之後，仍然要長期復健，讓心肺功能恢復，出門時也必須要隨身攜帶藥物。

雖然是後天才引起的病症，但我因爲受到了相當大的刺激而發作，甚至動了手術，這點是我與成都始料未及的。在這段日子裡，成更加悉心的照顧我，有空時陪我一起做些運動，定期帶我回醫院複診檢查。兩個月後，我雖然恢復了往日的活動自如，但體力方面，還是有些落差。

星期天，我和成一起到附近公園散步。

「要不要休息一下？」成看我走路有點喘，問了我。

我點點頭，兩人在附近的長椅上坐下，是個晴空萬里且氣溫適中的一天。成拿著我的手帕，細心地幫我擦去額頭的汗珠。

「謝謝你，我自己擦就好。」我輕輕接過手帕，拭著汗水。

眼前一對夫妻帶著兩個孩子經過我們面前，兩個小孩蹦蹦跳跳地，且一邊用童言童語和他們的父母親對話，相當可愛，成的眼神看起來有些羨慕。

「會有的，我們還是可以擁有孩子的。」我說。

「沒關係，把妳的身體調養好才是最重要的。」成握著我的手說著。

我知道，成是因爲顧慮我的身體狀況，若是懷孕勢必會增加心臟與身體的負擔。但我心中仍抱著一絲希望，還是有機會的，我一直這樣告訴自己。許多事，我告訴自己不能放棄，要朝著目標努力，或許有一天會有意想不到的收穫。但卻又不能太期待，因爲期待的越多，失望也往往越深。如果就算沒有孩子，我只希望能夠繼續陪伴著成，因爲經過這次開刀之後，我知道，我的身體狀況已經不如以往。

「走吧，我想再走一小段就好。」我說。

「好，但累了一定要說。」成說。

「嗯。」我回應著。

成緊緊牽著璃的手，而璃也緊握著他的手。成似乎也了解到，璃的身體狀況已經不如從前，但他不想在她面前透露出自己擔憂的心情。此時此刻，他只想能夠一直牽著璃的手，繼續往前走去。在成的心中，能夠與璃一起相守到老，這才是他心中最深切的願望。

經過一段時間的休養後，我又回到職場上。一樣週間都會到兩間診所處理事務，但爲了減輕身體的負擔，我減少爲一週只去三至四天，也特別將診所內的保全系統提高層級。成也特別交代了住家的管理室與惠，除了熟識的家人親友，或是有約定的訪客，其餘的都不能應門。爲了讓我不再受到騷擾，成更加對我呵護至極。

晚間，我我剛梳洗完，看到坐在客廳沙發打盹的成。我輕輕走過去，伸出手幫他按摩肩膀。

「好舒服。」成閉著眼睛，用十分放鬆的語氣說著。

但他忽然想起什麼：「但妳好像不能這樣用力，傷口還會疼嗎？」

「沒關係，已經過了幾個月，傷口也恢復的差不多了，不會有事的。」我微笑說。

成將我擁入懷裡說著：「我只想和妳永遠地在一起，妳一定要恢復健康，千萬別突然離開我，好嗎？」

因爲了解成的擔憂，我也緊緊地擁抱著他：「我答應你，會永遠陪著你。」

開完刀後經已半年多，歷經生死關頭之後，成與我再次感受到彼此眞正的體溫，溫柔纏綿的時刻裡，我們緊緊相擁著，彷彿要把握這每一刻的存在。心靈上的融合已經更甚肌膚的撫觸，我們已經互相屬於彼此，沒有任何的力量可以將我們分離。**每一次的呼吸，都有著對生命更深的期許，永恆的愛已然超越一切。**

幾天後，一個下著大雪的淩晨時分。

突然醒來的我，看了看時間大約是將近清晨4點左右，總覺得客廳有些聲響，但仔細聽了卻又安靜無聲。我閉上眼，正當又要沉沉睡去時，再度聽見客廳眞的有些聲音。我輕輕地起身，不想打擾身旁熟睡的成。打開房門，走到客廳時，窗外透進的微光，彷彿看到在沙發上坐了一個人。我以爲只是睡醒時，視線模糊的影子，但當我認眞一看，眞的有一個人影。

「誰？」我語帶驚恐地說。

微光下，我看到是他。

「你，怎麼進來的？」我相當害怕地說。

我一邊說著一邊後退，想要跑回房間時，被黑色人影一把抱住，他迅速將我的嘴摀著，然後將我壓制在地上，他身上有些香水味，我再熟悉不過，而也只有那個人才會使用這個味道。我的身體已經不能再承受這樣的驚嚇，胸口開始疼痛起來。我曾想過可能會有這麼一天，終於，他要對我動手了是嗎？

「我可以什麼都不做，妳也可能會死，對吧？」他低聲說。

「早知道會這樣，妳就應該聽我的話，趕緊放手，將屬於我的還給我。」他接著說。

倒在地上的我逐漸感到意識模糊，胸口開始劇痛起來，呼吸也開始感到有些困難。接著他拿出一樣東西，黑暗中反射出些微亮光，但我實在看不清是什麼。接著，我感受到腹部異常疼痛，直覺地伸出手摸，我感到有濕熱的液體不斷地從我的腹部湧出，混合著血腥味。此時我才知道，他拿出的是尖刀，而且朝向我無情地刺了下去，而腹部一直不斷地湧出的，是自己的鮮血。

躺在地上的我已經無法動彈，感到相當無助，意識上只想要起身，想要告訴成：

「快逃！」

但我也只能微微動著手指，無法言語。然後逐漸地感到身體相當痛苦不堪，不得不放棄的我，終於閉上了雙眼，也停止了任何掙扎。

黑色人影無情地拿著利刃，繼續坐在沙發上等待。

不知經過了多久，成翻了個身，發現璃不在身旁，四周也異常地安靜。他帶著有些不安的情緒，走出房間。到了客廳時，發現地上似乎有個人影，透過窗外微微的亮光才知道，是璃。

「璃！」他伸手要抱著璃時，聞到了相當刺鼻的血腥味，成的雙手有些顫抖。而在懷裡的璃，氣息微弱，隨時都將離去。

成輕輕地將璃放下，正要走到話機旁打電話叫救護車時。他發現了發沙上坐了一個黑色人影，趕緊打開電燈，成被眼前的景象驚住。

「是你！」成說。

「是我，沒錯。」燈光下看得相當清楚，是澤。

「你爲什麼這麼做？」成帶著怒氣吼著。

「這都要問你，全都是你造成的，不是嗎？早知道你就應該勸璃放手，今天也不會有這種場面。」澤的不急不徐，令人毛骨悚然。澤的雙手和衣物也沾染了璃的鮮血，但卻絲毫沒有要逃跑的意思。

成試圖再次走到話機旁，準備要拿起電話撥出。

「不准撥！」澤說。

「我已經和她說過相當多次了，沒人比我更愛你，成。我早就叫璃放手，她不聽。自從你當年離開我之後，我就無法再愛上別人，你知道嗎？這些年我有多痛苦，你知道嗎？爲什麼偏偏是她？爲什麼你偏偏要愛上她？應該是我，你愛的人應該是我！」澤越說越大聲，情緒也越來越激動。

「所以她該死，讓她走！」澤無情地看著躺在地上的璃說著。

「澤，別這樣，你要什麼我都答應你，先讓我打電話叫救護車，這樣下去璃眞的會死的。」成試著放低音量，用另一種方式說著。他想安撫澤當下的情緒，最重要的還是想先救璃。

「我太了解你了，成。」澤冷笑地說。

「你什麼都不會答應我的，你只想救你心愛的璃，對吧？既然我得不到我所愛的，那也讓你知道失去所愛的感覺是什麼。」澤接著說。

成眼看無法說服澤，他將手伸出壓住璃腹部的傷口，試圖止住依然不斷流出的鮮血。而看著成著這個舉動，澤非常不是滋味。他已經被妒忌、瘋狂的愛遮蔽了雙眼，看到成在這樣危急的時刻，依然不顧一切地只想要救他心愛的妻子，此時，他萌生了一個念頭，接著他將利刃拿起，朝向了成。

「對你來說，璃就這麼重要嗎？」澤問。

「回答我！」澤大喊著。

「將刀放下，現在回頭還來得及。」成看著已經失去理智的澤，爲了讓他不要再將傷害繼續擴大，刻意冷靜地說。

但澤突然拿著利刃衝了過來，成趕緊向旁躲開，但手臂依然被劃了皮開肉綻的一刀，成因爲疼痛，摀住受傷的部位而暫時無法動彈。澤趁機跪坐到璃的身旁，將利刃高高舉起，準備刺向璃的胸口，要給她致命的一擊。此時，成顧不得自己手臂的傷勢，他拼了命抓住澤的雙手，他一心只想要保護璃。在混亂之中，沒想到利刃竟刺向成的胸口……

完全，深深地刺進成的胸口。

「成……」澤被自己的舉動嚇得完全說不出話。他沒想到，他竟然對摯愛的成下了重手。

成因爲痛楚而倒地，他碰觸到還在胸口上的利刃，沒想到澤竟然眞的要將他了結。成痛苦萬分地將利刃從胸口拔出，尖刃從手中滑落，成也躺在地上，鮮血不斷大量湧出，他知道自己的生命即將結束，剩餘的意識還是只想著璃，想要保護他這輩子最重要的女人，所以他用了最後僅剩的力氣，相當緩慢且痛苦地爬到璃的身旁。

「璃，活下去……」最後的最後，成用極盡虛弱的語氣，在璃的耳邊說著。然後將手緩緩移到璃腹部的傷口上，確定壓住之後，才斷了氣。這是成所能做的，給璃最後的愛。

而在旁邊的澤，完完全全地目睹了這一幕，最終，成還是選擇了璃。他流下眼淚，後悔莫及。接著，澤以顫抖的雙手撥出 110。

「我，殺了人……」澤帶著些微顫抖的語氣說著。

他目光呆滯地坐在沙發上，等待。

遠方傳來逐漸靠近的警笛聲，大批警車、救護車，急速駛來。澤被上了銬帶往警局，而璃與成分別被送往醫院搶救。

但仍無法挽回，所有逝去的一切。

告別式的那天，天空飄著細雪。那時我才剛從住了一個月的加護病房轉到普通病房，但傷口完全還沒恢復，身體依然相當虛弱，是屬於無法站立的狀態。我堅持要坐著輪椅去見成的最後一面。心碎莫過於此，一部分的我，當下彷彿也已跟隨著摯愛的成一起離去。我告訴自己，暫時還不能倒下。爲了成，還有最後一件相當重要的事，我必須去完成。

出院後回到家中，而我因爲受到驚嚇而暫時失憶的部分，慢慢地，一幕幕都漸漸地回想起。而每當想起時，那種完全無法言喻的痛苦，都幾乎讓我接近崩潰的邊緣。

悲傷的苦痛將我吞噬，
孤獨的空虛也將我綑抑。
就像是漂流的靈魂，
已然碰觸不到彼岸的依靠。

心傷已被淚水浸蝕，

只能等待，

再一次默然的消逝。

我的心中，暗自做了一個決定，非常重要且必然的決定。

這天早上，我畫上完美的妝容，穿上黑色小高領上衣，黑色長裙，穿上一雙黑色長靴，外搭一件黑色毛領大衣，戴上珍珠綴鑽耳環。看著站在鏡子前的自己，一樣的高貴優雅，一樣的完美如昔，但多了幾分冷冽的氣息，爲了成，今天有件相當重要的事情必須要去完成。

要完成這件事之前，我先到了成的墓前，我緊握著無名指上的婚戒，閉上雙眼誠心祈念。

「成，我必須這麼做，你應該能了解。」我含著淚水說。

「然後……你知道的。」我接著說。

站了一會兒後，我便驅車離去，前往澤被關押的看守所。

換好證件後，我氣勢逼人地坐在會客室前方等待。另一邊的門，慢慢地被打開，澤出現在我的面前，他用相當憔悴的面容看著我。

「是妳。」澤說。

「是我。」我說。

「沒想到嗎？我還會來看你。」我冷笑著說。

「最後，你還是沒得到你想要的，後悔嗎？」我問。

「給我滾！」澤站起來轉身要走。

「成，愛過你嗎？」我依然不動聲色地坐在椅子上，接著問。

澤停下腳步，遲疑了一會兒後，他還是轉過頭回到我的面前坐下。

「是的，他曾愛過我，妳無法想像的，眞實誠摯的愛。」澤帶有點炫耀的語氣對我說著。

我聽了之後覺得有些好笑，忍不住笑了起來。

「有什麼好笑的？」澤問。

「你愛過他嗎？」我繼續問。

「還用問嗎？遠比妳愛得多。」澤說。

「這不是愛，澤，你還不懂嗎？」我說。

「你一直說成是你的最愛，但你還是動手了。在我看來，你從來都不夠資格愛他。」我接著說。

「因爲你的關係，我們都失去他了。」

「永遠地。」我淡淡地說。

「……我不是故意的」澤喃喃自語地說。

「……」

「既然你說成愛過你。」

「那就帶著他所有給過你的愛，繼續沉重地苟活下去吧！」我接著冷酷且嚴厲地說。

「把成還給我……」澤流下了眼淚說著。

「都是妳！如果妳不存在，成他會一直待在我身邊的，一切都是妳的錯！」澤開始失去理智般地，又哭又叫地說。

「把我的成還給我！還給我！」澤像一頭發狂的猛獸般吼叫，猛力地拍打著會客室的玻璃隔板。隨後他被幾個壯碩的獄警費了一番工夫才帶走。我在座位上，都還能聽到他狂吼的聲音。

我的目的已經完成。我要澤一輩子都活得瘋狂，在接下來的生命裡，他必須永遠地、無時無刻地爲自己的錯誤所懺悔。

回到車上，我緊握著我手上的婚戒，無法克制地流下了眼淚。成離去之後，對於人生我已毫無眷戀的理由，日復一日，我感到自己只是個剩下呼吸的軀殼，我之所以還能在這個世界上存活，完全是成犧牲了自己而得來的，對於這個部分，至今我都還無法接受。

理智告訴著我必須連成的部分，一起好好地活下去。

回到家中，已是夕陽西沉的時刻。落日的餘暉，光影幻現，稍縱即逝。諾大的屋內，只剩下我一人。對我來說，每次的呼吸都悲傷地令我痛苦萬分，我非常想念成，我想與他一同離去。家中的每個角落，都存在著他的身影，**孤寂如我，心傷如永夜。**我的身體也從這天起，開始愈發感到不適。

「璃，是我。」晚間，原按了我的門鈴。因爲擔心只剩下我一個人，原有時會來看我是否需要幫忙。

「請進。」我說。

「妳今天的氣色不是很好，不舒服嗎？」原問。

「嗯。天氣變化吧，有點不舒服。」我說。

「需要我陪你去看醫生嗎？」原十分擔心地問。

「謝謝你，應該不用，但可以請你幫我倒杯水好嗎?謝謝。」我說，邊慢慢走向房內拿出我的藥袋。

原他所能做的就是陪伴著我，我能夠了解他一直以來對我的心意。但我的心中只有成。這輩子，我也只會愛成一個人，縱使他已經離去。

「我好累。」我說。

「璃，妳必須要振作，慢慢的一切都會回復的，包括身體也是一樣，至少我還可以照顧你……」原說。

「你知道的，我不會再愛上別人。」我背對著原，緩緩地說。

「我知道，讓我陪著妳就好，其他的都不用擔心好嗎？」原說。

「嗯。」我回應著。

「我先回去了，妳好好休息，有什麼事記得都可以打給我。」原說。

「謝謝你。」我說。

走出璃的家門，原知道自己永遠無法代替成在她心中的位置。但他不在乎這些，他只希望璃能夠健康地活下去，看見她的身體狀況一天不如一天，似乎逐漸失去求生的意志，這點讓原相當擔心。

一個人的漫漫長夜，我總是無法好好入眠。**帶著淚水睡去，帶著淚痕甦醒，孤寂如影隨形，心傷無法抹去。**札幌的父母也相當擔心我的狀況，他們提議讓我回去休養一陣子，實家旁還有一間空屋，可以讓我住在那裡調養身體。

「璃，回來家裡休息一陣子吧，把身體養好再考慮要不要回東京，妳現在一個人在那裡我和你爸實在不放心。」母親在電話中說。

「好，我知道了。」我說。

回去札幌前，我特地去拜訪原。

「原，不好意思，有點晚了，但有空聊一下嗎？」我問。

「當然可以，請進。」原讓我進入屋內。

「這麼晚了，妳怎麼還沒休息？」原接著問。

「明天，我要回去札幌了，暫時住在實家附近一陣子，等身體好點再回來。」我說。

「這麼突然……不過這樣也好，有人照顧妳我也比較放心。」原說。

「原，其實我一直都知道的。」我說。

「知道什麼？」原問。

「那時，我還在銀行上班時，你就開始對我有好感吧？」我說。

「妳都知道？」原問。

「對不起，我後來還是選擇和成在一起。」我說。

「璃，這沒有什麼需要道歉的，畢竟要選擇與誰共度一生，是自己的自由意志，誰都無法干涉。」原說。

「只是，沒想到，會是這樣的結局。」我有點落寞地說。

「這陣子謝謝你照顧我，眞是不好意思。等我回東京再去你店裡吧，好久沒去了。」我接著說。

「好的，我很期待妳可以再來店裡。」原微笑說著。

結束談話後，原送我走到大門邊。我特地轉身和原微笑說著：「多保重，好嗎？」

「沒問題的，妳不用擔心我。」原說。

原此時還不知道，這是璃最後一次與他說話。

實家旁的這間屋子，是兩層樓的建築，若是家中有宴會，或是兄姊們帶著另一半以及孩子們回來時，都會居住於此，有著前後院和雙車位的車庫，佔地相當寬敞。璃和成若是回到札幌時，也都會來這裡居住。回到札幌後的我，身體又較在東京時日漸虛弱。我自己知道，我已無所牽掛，隨時都可離去。但看見父母擔憂的神情，以及兄姊們依舊對我的呵護疼愛，爲了他們，我似乎還有必須存活的理由。

北海道的冬季較長且非常寒冷，尤其是十二月開始氣溫幾乎都是零下的溫度。美麗的深雪景緻，是我再熟悉不過的。晚間，氣溫更低的時候，家政婦會升起壁爐的爐火，而我坐在客廳的沙發上，看著窗外紛飛的雪片，不禁又想起成。

那年，新婚後第一次和成回到北海道過新年，而我們在晚間就會回到這間屋裡。在不受打擾的安靜雪夜裡，我們一起裹著毛毯，在壁爐前浪漫溫存著，我在他的懷裡依偎，成與我十指緊扣，對我說：「璃，我現在才了解幸福是什麼感覺。」

「那……是什麼感覺呢？」我問。

「就像這樣可以一直牽著妳的手，永遠不放開，對我來說這就是幸福。」他深情地對我說著。

壁爐前，我與成溫暖交疊的身影，至今我都還忘不了。而如今，只剩我一人，面對同樣的物景，再多的淚水也無法傾訴對他的依戀有多深。半夜，我開始發了原因不明的高燒，父母趕緊請了醫師到屋內幫我看診，但始終找不出病因。在意識模糊的當下，我彷彿看見成的身影，但忽遠忽近地讓人始終無法看清。隨著我病情都沒有起色的狀況下，家人們已經都有了心理準備，但他們始終堅強團結，儘量沒在我面前掉淚。

幾天後，隨著燒退了，我也逐漸清醒了過來。

「媽，我好像做了一個好長的夢。」我說。

「是嗎？現在還在夢裡嗎？」母親含著眼淚問。

「我多麼希望可以不要醒來，因爲那裡才有成的身影。」我流著淚說。

母女兩人，安靜地繼續流著淚。母親緊握我的雙手，面對自己的孩子日漸虛弱，知道有一天即將失去她，簡直心如刀割。

深夜裡，我彷彿聽見成的聲音。

起身看了看時間，大約半夜二點半。拉開窗簾，外面下著大雪，但又彷彿有些星光閃爍。我顧不得只身穿單薄的衣物，依舊虛弱的我，扶著牆壁，慢慢地往大門走去。打開外門後，我踩著深雪走到院中，因爲極度的寒冷，我感到呼吸有些困難且身體也不停顫抖。屋簷旁的感應燈照亮了眼前的雪夜，降下的風雪是璀璨閃耀的鑽石星塵，狂風吹拂，更讓星雪閃爍而且漫天飛舞。很多年沒看到這個特殊景緻的我，還是踩著蹣跚的步伐一步步向前走去，伸出雙手，似乎想要盛住這短暫而美麗一刻。

此刻，彷彿全世界只剩下我一人，站在這孤獨寂靜的雪夜裡，帶著對成深切的思念，獨自存活著。

「是鑽石星塵，成，你看見了嗎？好美。」我帶著淚，也帶著無比悲傷的笑容，獨自說著。

忽然，遠遠地，我彷彿看見了成的身影，他向我慢慢地走來。隨著身影靠近，眞的是成，一樣的英挺帥氣，帶著溫柔的微笑，成慢慢地走到我的眼前，用他溫暖厚實的手掌輕輕地捧著我的臉。

「成，眞的是你。」我流著淚說。

成微笑著點點頭。

「別哭了，璃。」成用疼惜的眼神，一邊拭去我的淚水，一邊說著。然後他輕輕地將我擁入懷裡，我再次感受到他溫暖的體溫，閉上雙眼緊緊地擁著他，不想再鬆開手。

「走吧。」成溫柔地牽起我的手，微笑對我說。

「嗯。」我也將手與他緊緊相握，微笑回應著。

天亮了，家政婦在屋內與屋外四處找不到璃的蹤影，趕緊通知璃的父母。四周安靜無聲，彷彿我從來就不曾出現在這裡。

「璃！」父親喊著。

「璃！妳在哪？」母親也喊著璃。

但屋內依然沒有半點回應。

大家再次回到屋外來回尋找，終於在後院發現雪地中露出了一小撮深棕色的髮絲。幾個人含著悲傷的淚水，心中有了最壞的打算，努力地用手挖開厚實的雪堆時，發現果然是璃。母親流著淚趕緊要從雪地裡將璃抱起，但此時的璃早已沒了氣息。她的表情沒有絲毫的驚恐與不安，而依然像睡著一般地美麗平靜。

成，請緊握著我的手，別再輕易放開，好嗎?在這樣璀璨美麗的星塵雪夜裡，我願意隨你而去，與你永遠相依……

成如幻夢淚與殤，璃與愁融寂若涼。

雲流霧轉淞影孤，星塵霰雪共天涯。

國家圖書館出版品預行編目資料

霧之淞／Emilya Kao 著. --初版.--臺中市：白象文化事業有限公司，2022.11
面； 公分
ISBN 978-626-7151-81-5（平裝）

863.57 111010662

霧之淞

作　　者　Emilya Kao
校　　對　Emilya Kao
發 行 人　張輝潭
出版發行　白象文化事業有限公司
412台中市大里區科技路1號8樓之2（台中軟體園區）
出版專線：（04）2496-5995　傳真：（04）2496-9901
401台中市東區和平街228巷44號（經銷部）
購書專線：（04）2220-8589　傳真：（04）2220-8505
專案主編　林榮威
出版編印　林榮威、陳逸儒、黃麗穎、水邊、陳媁婷、李婕
設計創意　張禮南、何佳諠
經紀企劃　張輝潭、徐錦淳、廖書湘
經銷推廣　李莉吟、莊博亞、劉育姍、林政泓
行銷宣傳　黃姿虹、沈若瑜
營運管理　林金郎、曾千熏
印　　刷　基盛印刷工場
初版一刷　2022 年 11 月
定　　價　300 元